हिन्द पॉकेट बुक्स

सफल कैसे हों

स्वेट मार्डेन प्रख्यात अमेरिकी लेखक थे। इन्होंने जीवन में सफलता प्राप्त कैसे करें इस बारे में कई किताबें लिखी हैं। इनका जन्म 11 जून 1848, को न्यू हैम्पशायर, संयुक्त राज्य अमेरिका में हुआ और मृत्यु 10 मार्च 1924, को लॉस एंजिल्स, कैलीफोर्निया में हुई। इनकी पुस्तकें सारी दुनिया में बेहद लोकप्रिय हैं।

सफल कैसे हों

स्वेट मार्डेन

हिन्द पॉकेट बुक्स
पेंगुइन रैंडम हाउस इम्प्रिंट

हिन्द पॉकेट बुक्स

यूएसए | कनाडा | यूके | आयरलैंड | ऑस्ट्रेलिया | सिंगापुर
न्यू ज़ीलैंड | भारत | दक्षिण अफ्रीका | चीन

हिन्द पॉकेट बुक्स, पेंगुइन रैंडम हाउस ग्रुप ऑफ़ कम्पनीज़ का हिस्सा है,
जिसका पता global.penguinrandomhouse.com पर मिलेगा

पेंगुइन रैंडम हाउस इंडिया प्रा. लि.,
चौथी मंजिल, कैपिटल टावर -1, एम जी रोड,
गुड़गांव 122 002, हरियाणा, भारत

पेंगुइन
रैंडम हाउस
इंडिया

प्रथम संस्करण हिन्द पॉकेट बुक्स द्वारा 1977 में प्रकाशित
यह संस्करण हिन्द पॉकेट बुक्स में पेंगुइन रैंडम हाउस द्वारा 2022 में प्रकाशित

10 9 8 7 6 5 4 3 2

इस पुस्तक में व्यक्त विचार लेखक के अपने हैं, जिनका यथासंभव तथ्यात्मक सत्यापन किया गया है, और इस संबंध में प्रकाशक एवं सहयोगी प्रकाशक किसी भी रूप में उत्तरदायी नहीं हैं।

ISBN 9789353494384
मुद्रकः रेप्रो इंडिया लिमिटेड

www.penguin.co.in

FSC
www.fsc.org
MIX
Paper from
responsible sources
FSC® C047271

This is a legitimate digitally printed version of the book and therefore might not have certain extra finishing on the cover.

क्रम

हंसते-हंसते जीना

मैं जीवन के संघर्षों से लड़ नहीं रहा हूं; मैं तो गीत गा रहा हूं। जीवन एक मधुर गीत है–दर्द-भरी कहानी नहीं। जीवन विजय है–पराजय नहीं।

मार्च का महीना था। आकाश धुंधला-सा बादलों से भरा था। अस्पताल के वातावरण में कुछ भी नयापन नहीं था। सहसा एक रोगी ने, जिसका अभी-अभी ऑपरेशन हुआ था, एक विचित्र चमत्कार अनुभव किया। उस अनुभव का वर्णन करते हुए वह लिखता है :

"मैं कह नहीं सकता कि वह क्या चमत्कार था–मैंने कुछ भी नवीन नहीं देखा, पर सभी साधारण वस्तुएं एक अलौकिक प्रकाश में जगमगाती हुई लगीं। जीवन में पहली बार मैंने जीवन को इतना मधुर और उल्लास-भरा पाया कि संसार की प्रत्येक वस्तु इसी उल्लास में झूमती दिखाई दी। उन अमूल्य क्षणों में मुझे प्रत्येक वस्तु अच्छी लगने लगी। हवा में झूमते वृक्ष, चहचहाते पक्षी, अस्पताल की नर्सें, आते-जाते लोग–कुछ भी ऐसा न था जो सजीव और उल्लासपूर्ण न हो! जीवन ही मानो उस समय का एक उल्लास बन गया था। तब मेरी आत्मा प्रसन्नता से नृत्य करने लगी।"

क्या यह कुछ क्षणों का सुन्दर उल्लासपूर्ण संसार सदा-सदा के लिए अमर नहीं बनाया जा सकता?

हम सभी इसी सुन्दर संसार की खोज में रहते हैं। किन्तु हमारा

खोजने का ढंग वैसा ही है जैसा एक पुरानी लोककथा में एक बालक का था।

एक गरीब लड़का पहाड़ी की चोटी पर एक टूटी-फूटी झोंपड़ी में रहता था। कंगाल होते हुए भी वह मन का धनवान था। उस झोंपड़ी में बैठकर वह सुनहरे सपने लिया करता। रोज़ सूर्यास्त के समय वह अपनी झोंपड़ी के दरवाज़े पर बैठ जाता और घाटी के नीचे देखते हुए एक सुन्दर महल की कल्पना करता, जिसकी सुनहरी खिड़कियां दूर से चमकती हों। उसकी वर्तमान निर्धनता और उस अद्भुत जादूमहल की कल्पना ने उसे बेचैन कर दिया। वह आह भरता–'ओह! मैं उस सुनहरी खिड़कियों वाले महल में रह सकता!'

रोज़ की ही तरह एक दिन शाम को जब वह उसी सुनहरे महल के सपने देख रहा था, अचानक उसे लगा मानो वह दूर का महल उसे बुला रहा है, उसकी सोने की खिड़कियां मानो उसे टेर रही थीं। वह अधीर हो उठा और उसने वहां जाने का मन में निश्चय कर लिया। दूसरे दिन सुबह वह सूर्योदय से पहले ही उधर चल पड़ा। रास्ता धूल से भरा था और सूर्य तेज़ चमक रहा था, किन्तु वह उत्साही बालयात्री बढ़ता ही गया। सूर्यास्त होने वाला था, जब वह घाटी के अन्तिम छोर तक पहुंच गया।

पर यह क्या? वह महल कहां गया जो घाटी की चोटी से चमका करता था? उसके सामने तो एक टूटा-फूटा मकान खड़ा था। और वे सोने की खिड़कियां? ओह! उसकी जगह तो गन्दे, टूटे कांच की खिड़कियां लगी थीं।

प्यासा और थकान से चूर वह बेचारा उस टूटे-से मकान की ओर पीठ फेरकर गिर पड़ा और फूट-फूटकर रोने लगा। कुछ देर दिल हल्का कर लेने के बाद, धीरे-से सिर ऊपर उठा उसने ऊपर की घाटी की ओर नज़र डाली। आंसू-भरी आंखों से उसने देखा–वहां कुछ चमक रहा था। अरे, यह तो उसकी छोटी-सी झोंपड़ी और उसकी खिड़कियां डूबते सूर्य की रोशनी में सोने से बनी दिखाई दे रही थीं।

संसार की मृगतृष्णाओं के पीछे भागने वाले हम लोग भी इस अबोध बालक जैसे ही हैं। हमें भी सदा दूर का भवन ही बुलाता है। जीवन की सुन्दरता और प्रसन्नता हमें सदा उसी धरती पर दिखाई देती है, जहां हम आज नहीं हैं। हम किसी दिन तो उस सौन्दर्य-लोक तक पहुंचने की आशा

करते हैं, लेकिन आज नहीं। हम कल्पना करते हैं कि भविष्य में किसी जादू या धन के चमत्कार से हम उसे पा लेंगे। परन्तु क्या आज तक कोई भी उस दूर से चमकने वाले सपनों के संसार को पा सका है?

मुझे ऐसे बहुत-से व्यक्ति मिले हैं जो जीवन से बिलकुल निराश हो चुके हैं क्योंकि उन्हें वैसा जीवन मिला नहीं जिसके सपने वे लिया करते थे। जब यौवन के स्वप्नों को लिए वे जीवन में आगे पहुंचे–जहां उन्होंने सुन्दर व प्रसन्न जीवन की कल्पना की थी–तो जीवन और भी उदास और सूना-सूना लगा। वह मृगमरीचिका, जो दूर से चमकती निमन्त्रण दे रही थी, पास पहुंचने पर पीछे हट गई और अब फिर दूर से चमक रही थी!

जीवन में अप्रसन्न और असन्तुष्टि का प्रमुख कारण यह है कि हम कभी अपने वर्तमान से सन्तुष्ट नहीं होते। जीवन की साधारण बातें हमारे लिए कोई मूल्य नहीं रखतीं। हम तो किन्हीं बड़ी-बड़ी असाधारण बातों, अनोखे अवसरों के इन्तज़ार में रहते हैं जो एकदम चमत्कार की तरह हमें खुशी से भर देंगे। इन्हीं 'कल' की झूठी आशाओं में हम आज का आनन्द खो देते हैं।

डॉ. फ्रेंक क्रेन के शब्दों में–"विश्व की सताई आत्माएं ही सदा उसे अपनी इच्छाओं पर झुकाने का प्रयत्न करती हैं।" ऐसे व्यक्ति संसार में रहने के अयोग्य ठहरते हैं, क्योंकि वे 'जो कुछ है' उससे सन्तुष्ट रहना जानते नहीं और 'जो कुछ नहीं है' सदैव उसके पीछे भागते रहते हैं।

कुछ लोग तो यह भी नहीं जानते कि वे चाहते क्या हैं। ऐसे कितने असन्तुष्ट व्यक्ति हैं, जो आपको अपनी अप्रसन्नता का कोई ठीक कारण बता सकें? वे बस इतना ही जानते हैं कि वे असन्तुष्ट हैं, अप्रसन्न हैं। प्रसन्नता को पाने के लिए वे सारा संसार खोजते हैं, पर सब व्यर्थ ही; क्योंकि प्रसन्नता तो अच्छे कामों को करने से ही मिलती है।

अपनी मनचाही चीज़ों को पाने के लिए हम कठोर संघर्ष करते हैं। पर कल जिस चीज़ को पाने के लिए हम जी-जान से कोशिश कर रहे थे, आज उसी को पाकर हम प्रसन्न नहीं होते। उसे पा लेने के बाद उससे हमारा दिल हट जाता है और कोई दूसरी चीज़ हमें आकर्षित कर लेती है, जो हमारे विचार में सचमुच हमें प्रसन्नता ला देगी। हम फिर से परिश्रम कर उसे भी प्राप्त कर लेते हैं। पर परिणाम वही होता है–निराशा और

असन्तुष्टि! हृदय का रिक्त स्थान भरता नहीं और अधूरी आकांक्षा लिए हम सारी आयु निराशा में बिता देते हैं। एक विचारक के शब्दों में–"अप्रसन्नता तो मनुष्य की अपनी परछाईं की तरह है। हम इसके पीछे जितना भागते हैं, उतना ही यह हमसे दूर जाती है।" सच कहा जाए तो सच्ची प्रसन्नता इच्छा और उसकी पूर्ति में न होकर आत्मा की सन्तुष्टि में ही रहती है। विश्व के एक महान कहानीकार टाल्सटाय ने अपनी एक कहानी में इसी का बड़ा सुन्दर चित्रण किया है। एक साधारण किसान, जिसके पास अपनी कोई ज़मीन नहीं थी, मामूली नौकरी में ही बड़ा सुखी और सन्तुष्ट जीवन बिता रहा था। अचानक उसकी मालकिन की ज़मीन बिकने लगी, उसने भी जैसे-तैसे कर्ज़ लेकर उस ज़मीन में से कुछ भूमि खरीद ली। बस, अब सभी कठिनाइयों का आरम्भ हो गया। अब दिन-रात उसकी और अधिक भूमि लेने की लालसा बढ़ती गई। वह सोचता, अधिक धन होगा तो अधिक प्रसन्नता मिलेगी। प्रसन्नता के पीछे यह झूठी भाग-दौड़ उसे अन्त में विनाश के पथ पर ले गई। और अधिक भूमि की लालसा में उसने अपने जीवन की बाज़ी लगा दी और प्रसन्नता पाने के लिए जीवन को नष्ट कर लिया।

वास्तव में, प्रसन्नता के लिए भौतिक वस्तुओं का विशेष महत्व नहीं है; क्योंकि उनसे क्षणिक सुख तो मिल सकता है, पर आत्मा का आनन्द नहीं। उनकी तुलना हम उन पेय वस्तुओं से कर सकते हैं, जो सख्त गरमी में ठण्डे पानी का काम नहीं कर सकतीं। हम सोचते हैं, यदि हमें सोडावाटर, आइसक्रीम, ठण्डी चाय या कॉफी मिल जाती तो हमारी प्यास बुझ जाती। किन्तु ऐसा होता नहीं, क्योंकि ठण्डे पानी की प्यास ठण्डे पानी से ही बुझ सकती है। प्रसन्नता भी पानी के समान है और उसका स्थान कोई अन्य भौतिक वस्तु नहीं ले सकती।

प्रसन्नता के विषय में कई विचित्र विचार प्रचलित हैं। लोग यह सोचते हैं कि प्रसन्नता उन वस्तुओं के पाने में है, जिन्हें हम धन से खरीद सकते हैं। अधिक धन होगा, अधिक वस्तुएं आएंगी और अधिक वस्तुओं के आने से अधिकतम प्रसन्नता आएगी। परन्तु क्या आज तक कोई धन से प्रसन्नता खरीद सका है? धन और सम्पत्ति कभी मन को सच्ची प्रसन्नता नहीं दे सकते। प्रसन्नता हमारे खाने-पीने या ऐश-आराम लेने में नहीं, वह तो आदर्श जीवन जीने से आती है। उसका जन्म उच्च विचारों एवं परोपकार

के कार्यों से होता है। स्वार्थी जीवन बिताने वाले कभी प्रसन्नता का अनुभव नहीं कर सकते। ईर्ष्यालु और लालची तो इसे छू भी नहीं सकते।

संसार में आधे लोगों की अप्रसन्नता का कारण है–दूसरों से ईर्ष्या और अपने से असन्तोष।

मुझे एक ऐसे परिवार का उदाहरण याद आता है, जो कुछ दिन पहले अपनी थोड़ी-सी आय में सुख-शान्ति का जीवन बिता रहा था। एक दिन अचानक उन्हें बिना परिश्रम के बहुत-सा धन मिल गया। बस, एकदम उनका जीवन ही बदल गया। मन में 'और अधिक' सुख-भोग की लालसा जाग उठी। अब वे अधिक कीमती और भड़कीले वस्त्र आदि प्रयोग करने लगे और अधिक धनवान लोगों से मेल-जोल बढ़ाने लगे। अपने से अधिक धनी लोगों को देख उनके मन में ईर्ष्या और द्वेष जाग उठते। फल यह हुआ कि कुछ ही दिनों में उस परिवार की पहली शान्ति और प्रसन्नता नष्ट-भ्रष्ट हो गई। कर्ज़ का बोझ बढ़ने लगा। जो कुछ भी उनके पास था, वह सब इस सर्वनाश की ज्वाला में स्वाहा हो गया। बाद में पता चला कि मां ने अपनी पुत्रियों के ऊंचे खानदानों में विवाह करने के लिए दर्ज़ियों, कपड़े वालों, जौहरियों आदि दुकानदारों के बड़े-बड़े बिलों का बोझ बढ़ाया हुआ था; जिन्हें चुकाने के लिए उनका आखिरी सम्बल 'घर' भी हाथ से चला गया।

हेनरी ड्रूमैंड लिखते हैं, "संसार के आधे से अधिक लोग प्रसन्नता को ठीक ढंग से नहीं खोजते। उनके विचार में प्रसन्नता दूसरों द्वारा दी गई सुख-सुविधाओं के उपयोग करने में है। जबकि सच्चाई यह है कि प्रसन्नता दूसरों को देने और उनका उपकार करने में ही है।"

प्रसन्नता एक ऐसी अमूल्य देन है जो हमारे ही शुभ विचारों, उपकार के छोटे-छोटे कर्मों और निःस्वार्थ सेवा से मिलती है। थोड़ी-सी प्रसन्नता तब मिलती है, जब हम किसी के दुःख का भार हल्का करते हैं; और कुछ प्रसन्नता तब मिलती है, जब हम दूसरों के लिए त्याग करते हैं।

हम प्रसन्नता को ठीक वैसे ही प्राप्त करते हैं, जैसे मधुमक्खी शहद प्राप्त करती है। मधुमक्खी को शहद बना-बनाया नहीं मिलता, उसे उसके लिए कठिन काम करना पड़ता है; वह एक-एक फूल से थोड़ा-थोड़ा मधु इकट्ठा करती है। इसी तरह हमें भी प्रसन्नता का मधु जीवन में बिना काम

किए नहीं मिलता, बल्कि मधुमक्खी की तरह हम उसे जीवन के बगीचे से इकट्ठा करते हैं।

प्रसन्नता किसी की जागीर नहीं। कोई इसे बांधकर नहीं रख सकता। यह तो जीवन की वह निधि है, जिसका मूल्य देने पर उसे कोई भी ले सकता है।

प्रकृति ने एक महान रसायन-शास्त्री की तरह वायुमण्डल में ऐसे तत्व मिला दिए हैं, जो एक साथ मानव को स्वास्थ्य, सौन्दर्य व प्रसन्नता प्रदान करते हैं। सूर्योदय इन्हीं गुणों के कारण विश्व में सैकड़ों चमत्कार कर दिखाता है–जड़, पौधों, फूलों, फलों एवं सजीव पशु व मानव-जीवन में एक नया जीवन भर देता है; अपनी सुन्दर किरणों से पृथ्वी पर सौन्दर्य-जाल भी बुन देता है। जॉन वानमेकर का कहना है–"सूर्योदय के साथ ही मेरी आत्मा का सूर्य भी उदय हो जाता है।" और यह सूर्य सबके लिए मुक्त दान है।

इसी प्रकार समय की भी विशेषता है। संसार के सबसे निर्धन और तुच्छ व्यक्ति के पास भी समय का अमूल्य धन उतना ही है, जितना कि किसी सम्राट या धनकुबेर के पास। एक बहुत बड़े धनवान ने कहा कि अपने जीवन के दस वर्ष बढ़ाने के लिए वह दस लाख डॉलर दे सकता है। पर उसका अपार धन समय का एक क्षण भी न खरीद सका। केवल समय ही नहीं, धन तो जीवन की अन्य अमूल्य निधियों–ज़िन्दगी, प्यार, मित्रता, सहानुभूति–को भी नहीं खरीद सकता। जीवन की ये अनमोल निधियां अगर खरीदी जा सकती हैं, तो केवल हृदय के उच्च विचारों और प्रयत्नों से।

अब्राहम लिंकन ने कहा–"लोग अपने मन में जितनी प्रसन्नता पाने का निश्चय करते हैं, उतनी ही प्रसन्नता उन्हें मिलती है।" प्रायः हम प्रसन्नता को बाहर खोजते रहते हैं, जबकि वह हमारे भीतर ही होती है; क्योंकि प्रसन्नता तो हमारे मन और विचारों की उपज है। यदि हम उस पर सौन्दर्य का आवरण चढ़ा देते हैं, तो यह हमें सुन्दर लगने लगती है, अन्यथा असुन्दर। अपने मन के सौन्दर्य से ही हमें संसार और प्रकृति सुन्दर लगती है। हम सबको इसका अनुभव होगा कि जब हम प्रसन्न होते हैं, तब हमारी प्रकृति हमें नाचती-गाती लगती है और उदासी के क्षणों में मानो वह भी

हमारे साथ आंसू बहाती है।

विश्व एक गुम्बद के समान है, जहां से अपनी ही आवाज़ गूंजकर लौट आती है। यह वह शीशा है, जिसमें हमें अपनी ही छाया दिखती है। यदि हम हंसते हैं, तो वह भी हंसता है; यदि हम रोते हैं, तो वह भी रोता है। एक बार इस सृष्टि के सौन्दर्य को अपने हृदय में भरकर देखो, आपकी आत्मा उस सौन्दर्य के उल्लास से भर जाएगी।

ईसा ने यही कहा था कि जब हम अपना सम्बन्ध प्रसन्नता के अमर स्रोत ईश्वर से जोड़ लेते हैं, तब हम जीवन में प्रसन्नता का रहस्य पा लेते हैं; क्योंकि ईश्वर की सृष्टि का सौन्दर्य हमें अपने चारों ओर बिखरे सौन्दर्य का ज्ञान करा देता है। शताब्दियां बीत गईं मनुष्य को प्रसन्नता की खोज करते हुए; किन्तु कितनों ने इसे पाया है? इसका कारण यही है कि हमने अभी ईसा के इन महान शब्दों को नहीं समझा है–"ईश्वर का राज्य तुम्हारे हृदय में है।"

आज तक मानव ईश्वरीय राज्य को अपने बाहर ही ढूंढता आया है। अनेक लोग इस भ्रम में रहे कि धन व वैभव ही इस द्वार की कुंजी है। मनुष्य भ्रम में पड़कर ही सब जगह उस अलौकिक सत्ता की खोज करता रहा–पर अपने भीतर नहीं खोजा। इस तरह मृग की तरह भटके हुए मानव ने उस स्वर्गीय सुगन्धि को सब जगह खोज डाला पर अपने हृदय-मन्दिर में झांका तक नहीं।

ईश्वर की सर्वोत्तम सृष्टि वह मानव है, जिसे स्रष्टा ने इस मोहक संसार में रहने का वरदान दिया और इसकी अपार सम्पदाओं का एकछत्र स्वामी बनाकर भेजा। फिर भी युगों से मानव प्रसन्नता की खोज में निराश होकर भटक रहा है, दुःखी हो रहा है। सच यह है कि औसत मनुष्य अपने भीतर के प्रसन्नता-स्रोत को भूलकर बाहर की मृगतृष्णा में ही भटका हुआ है।

यदि हमने उस स्वर्गीय उल्लास को अपने हृदय में ढूंढ़ लिया होता, तो एक अनोखी आभा हमारे मुख-मण्डल पर छा जाती; जिसे देखकर कोई भी व्यक्ति समझ लेता है कि हमारा भाग्य-सितारा चमक उठा है, हमने प्रसन्नता के खज़ाने को पा लिया है।

आप जानते होंगे कि अपनी मनचाही वस्तु पा लेने पर लोग कितने

प्रसन्न हो जाते हैं। एकदम मानो जादू के स्पर्श से उनमें नया जीवन आ जाता है। उनकी आंखों में अलौकिक चमक आ जाती है, निराशा आशा में बदल जाती है, उदासी और शोक का स्थान उल्लास और आनन्द ले लेते हैं। दूसरे शब्दों में, व्यक्ति बिलकुल किसी दूसरे लोक के प्रसन्न प्राणी दिखाई देने लगते हैं।

सच कहें तो यही उल्लासमय जीवन हम सबको अपनाना चाहिए। ईश्वर-सन्तान को शोकाकुल नहीं, प्रसन्न होना चाहिए। हृदय का उल्लास आंखों से प्रकाश बनकर बिखरना चाहिए। आत्मा द्वारा देखें, अलौकिक सौन्दर्य की झलक हमारे चेहरों पर झलकनी चाहिए।

नवीन विचार-दर्शन के अनुसार प्रसन्नता कोई बाहर की वस्तु नहीं और न ही भविष्य में मिलने वाली है। यह तो आपके अपने हृदय की सम्पत्ति है जिसे आप जब चाहे प्राप्त कर सकते हैं। संसार के दुर्भाग्य का एक प्रमुख कारण यह अन्धविश्वास है कि स्वर्ग या प्रसन्नता इस धरती की नहीं बल्कि दूर किसी लोक की वस्तु है, जो हमें इस जीवन में नहीं मृत्यु के बाद मिल सकती है।

प्राचीन विचारकों ने यह कभी नहीं सोचा कि प्रसन्नता जीवन की प्रमुख आवश्यकता है जिसके बिना मनुष्य जीवित नहीं रह सकता। बहुत-से दार्शनिक तो ऐसा सोचते थे कि खेलना भी राक्षसी प्रवृत्तियों का प्रदर्शन है। वे यह कभी नहीं समझ सके कि स्वस्थ एवं प्रसन्न जीवन के लिए खेल-कूद कितना आवश्यक है। यह भी वे भूल गये कि क्रीड़ा-प्रवृत्ति मनुष्य के लिए स्वाभाविक है और यदि इसे बलपूर्वक दबा दिया जाए तो मनुष्य पागल या अपराधी बन सकता है।

धर्म-प्रचारकों द्वारा डाले गए ये विचित्र भय और अन्धविश्वास मानवता के लिए बड़े अभिशाप सिद्ध हुए। इसलिए उन धार्मिकों का जीवन बिलकुल अस्वाभाविक बन गया जिसमें प्रसन्नता का नाम भी नहीं था। कल्पना करो, जब एक सरल शिशु हृदय पर यह अन्धविश्वास थोपा जाता था कि जिन बालकों का जन्म के समय संस्कार नहीं हुआ, वे जीवन-भर दुःख, निराशा झेलकर अन्त में घोर नरक में जा पड़ेंगे। ये भयपूर्ण अन्धविश्वास उनके सारे जीवन में विष घोल देते, जिससे कभी भी वे प्रसन्नता अनुभव न कर पाते। शताब्दियों तक ये पुजारी लोगों को खेलने से रोकते रहे, क्योंकि

खेलने को सभी बुराइयों की जड़ समझा जाता था। उस समय शोक से भरा उदास चेहरा पवित्रता का चिह्न माना जाता था। हंसते-खेलते जीवन बिताने वाले लोगों को शैतान की सन्तान कहा जाता।

उन लोगों की कल्पना करो जो अन्धेरी कोठरियों की गन्दी वायु में सांस लेते हुए अप्राकृतिक जीवन बिताते हैं। अपने स्वभाव को जबरदस्ती दबाकर वे घुटे-घुटे से वहां धर्म-सिद्धान्त लिखते रहते हैं। ये दार्शनिक, जो स्वयं मनुष्य का जीवन नहीं जीते, भला दूसरों को क्या सिखा सकते हैं? क्या कभी ईसा ने अपने को सबसे अलग इस प्रकार रखा था? वह तो सदा स्वतन्त्र वातावरण में सांस लेता, मनुष्यों के समाज में विचरता और उनमें ही घुल-मिलकर रहता था। यही कारण था कि जो कुछ उसने हमें सिखाया, वह सब मानव-जीवन के लिए अमृत सिद्ध हुआ। चूंकि वह उपदेश व्यावहारिक एवं स्वाभाविक था।

आधुनिक विचार-दर्शन एवं मनोविज्ञान जीवन के प्रति एक नया दृष्टिकोण रखते हैं। वे प्रसन्नता को ही मानव-धर्म बताते हैं। वे दूर भविष्य की कल्पना छोड़ वर्तमान जीवन को अधिक महत्व प्रदान करते हैं जबकि पुराना धर्म ईश्वर को धरती से ऊपर, दूर स्वर्ग के सिंहासन पर बिठाकर उसकी पूजा और सदा आने वाले जीवन की प्रतीक्षा करता था।

मनुष्य स्वभाव से प्रसन्नता चाहता है। नवीन धर्म का सन्देश यही है कि अन्धविश्वास, भय एवं चिन्ता छोड़ प्रसन्नता और विश्वास की ओर बढ़ना चाहिए। यह नवीन जीवन-दर्शन मनुष्य को वास्तव में पूर्णता की ओर यानी ईश्वर के निकट ले जाने वाला है। मनुष्य का जन्म सुख के लिए हुआ है। ईश्वर की सृष्टि सर्वत्र पूर्ण और आनन्दमय है। उसमें यदि कोई त्रुटि आती है, तो वह मनुष्य का ही दोष है।

'पोलियाना' नाटक, जिसने कई महीनों तक न्यूयार्क की जनता को मंत्रमुग्ध किया था, की नायिका पोलियाना कहती है–"यदि ईश्वर ने आठ सौ बार हमें प्रसन्न रहने का सन्देश दिया है, तो इसका अर्थ यह है कि वह हमें सदा प्रसन्न देखना चाहता है।"

'अधिक प्रसन्नता मनाओ'–'ईश्वर की सन्तान का हृदय सदा प्रसन्न रहे'–'ईश्वर की प्रसन्नता तुम्हारी शक्ति है'–'मैं बार-बार कहता हूं कि ईश्वर में प्रसन्नता खोजो; कोई भी तुमसे तुम्हारी प्रसन्नता नहीं छीन सकेगा।'

ऐसे अनेक वाक्य सारी बाइबिल में बार-बार दोहराए गये हैं। केवल प्रसन्न होने के लिए ही नहीं कहा गया है, बल्कि अधिक-से-अधिक प्रसन्न रहने का आदेश दिया गया है। सच ही ईश्वर हमसे यही चाहता होगा।

जीवन में संघर्ष, कठिनाइयां या निराशाएं हमें उदास बनाने के लिए नहीं, अपितु अद्‌भुत साहस और शक्ति देने के लिए आती हैं।

जब मैं लोगों को छोटी-छोटी आपत्तियों पर रोते-चिल्लाते और राई का पहाड़ बनाते देखता हूं, तो मुझे उस वृद्ध महिला की याद आए बिना नहीं रहती, जिसने अपने दुःखपूर्ण जीवन में भी आशा और उल्लास का दामन नहीं छोड़ा। इसका कारण पूछे जाने पर उसने उत्तर दिया–"मेरे पास एक प्रसन्नता की पुस्तक है। जीवन के आरम्भ में मैंने यह निश्चय कर लिया था कि रोज़ रात को मैं इससे खुशी लाने वाले अनुभव लिखा करूंगी। इससे जीवन में मेरी ढूंढने की ही आदत बन गई है। विपत्तियों के घने, काले बादलों में भी मैं प्रकाश-किरण ढूंढने में सफल हुई हूं।"

ऐसे व्यक्ति, जो जीवन से निराश हो जाते हैं और जिन्हें कहीं प्रसन्नता दिखाई ही नहीं देती, वे न केवल जीवन की खुशी ही खो देते हैं; बल्कि अपनी समस्त शक्तियों का भी नाश कर लेते हैं। ऐसे लोगों के उदास चेहरे और बुझे हुए मन देखकर मेरी सदा यही इच्छा होती है कि उनके चेहरों को अन्धकार से प्रकाश की ओर फेर दूं, जहां वे जीवन के उल्लास को देख सकें।

आवश्यकता से अधिक गम्भीरता मानसिक शक्तियों का ह्रास कर कार्य-क्षमता को समाप्त कर देती है। वही मनुष्य संसार में सदा स्वस्थ, प्रसन्न और सफल रह सकता है, जो काम करते हुए गुनगुनाता है, कठोर परिश्रम में भी मुस्कराता है।

हमारा जीवन एक मुस्कराहट-भरा गीत होना चाहिए। यह तभी हो सकता है, जब हम जीवन में जीने की कला सीखें। यदि प्रसन्नता-पुस्तक रखने वाली उस वृद्ध महिला और पोलियाना की तरह हम कुछ-न-कुछ प्रसन्नता ढूंढ़ने का स्वभाव बना लें, तो शीघ्र ही हम प्रसन्नता की अमर पूंजी पा लेंगे।

आओ, जीवन में प्रसन्न रहना सीखें। आओ, हम भी पोलियाना के साथ दोहराएं–"प्रसन्न रहो, क्योंकि जीवन एक उल्लास है।"

जो चाहो वह पा लो

यदि सुख चाहते हो तो दुःख का चिन्तन छोड़ दो। वैभव पाना है तो निर्धनता के विषय में सोचना छोड़ दो। अर्थात् जो तुम नहीं चाहते उसका विचार भी मन में न लाओ। तुम स्वयं विजय हो। विजय के लिए ही तुम्हारा जन्म हुआ है। जीवन के संघर्ष में तुम्हें एक महत्वपूर्ण कार्य करना है, परन्तु जब तक अपनी शक्तियों व योग्यता पर विश्वास नहीं होगा तुम कोई भी महान कार्य नहीं कर सकोगे।

चुम्बक लोहे को आकर्षित करता है, अन्य किसी वस्तु–तांबा, रबड़, लकड़ी आदि को नहीं। बचपन में तुमने देखा होगा कि तुम्हारा खेलने का चुम्बक सुई को ही खींचता था, दियासलाई या पेंसिल को नहीं। कारण यही है कि यह अपनी ही तरह की चीज़ अपनी ओर खींचता है जिनसे उसका सम्बन्ध होता है; उसी तरह हम भी उन्हीं शक्तियों या वस्तुओं को अपनी ओर आकर्षित करते हैं जिनसे हमारे विचार और उद्देश्य मिलते हैं। हमें आज जो कुछ प्राप्त है–घर, वातावरण, मित्र, सम्बन्धी सब हमारे मन के आकर्षण के कारण ही; और जब तक हम इन्हें मन से चाहेंगे, तब तक ये हमारे रहेंगे।

अपनी इच्छाएं और विश्वास आपको मंज़िल की ओर उसी तरह

खींचकर ले जाएंगे, जैसे रास्ते में लगे पत्थर राही को दिशा-बोध देते हैं। अगर आप सदैव निर्धनता, निराशा की बातें मन में सोचते रहेंगे और आशा, धन, सफलता के सब विचार मन से निकाल देंगे, तो जीवन में आपको निर्धनता और निराशा ही मिलेगी।

जीवन में लगातार असफलता या निराशा मिलने का कारण यह है कि हमने अपनी महान शक्तियों को अभी तक नहीं पहचाना। हम सफलता के लिए ठीक प्रयत्न नहीं करते, इसलिए हमें सफलता नहीं मिलती।

'वही सोचो जो तुम चाहते हो'–इन शब्दों में एक महान सत्य छिपा है। सफलता का रहस्य यही है कि हर क्षण पूरे मन से सफलता का विचार करो और उसे पाने का प्रयत्न भी करो। जिस क्षण से आप अपनी सफलता पर अविश्वास करने लगते हैं और असफलता की आशंका करने लगते हैं, उसी क्षण सफलता आपसे दूर भाग जाती है, क्योंकि आप जान-बूझकर उससे उल्टी दिशा की ओर चल रहे होते हैं।

एमिली एच.कैंडी के शब्दों में–"हृदय में किसी प्रकार की इच्छा का होना, इस बात का प्रमाण है कि ईश्वर ने वह वस्तु आपके लिए सुरक्षित रखी है।"

आपका जीवन यदि असफलताओं के बादलों में घिरा हुआ है और भविष्य अन्धकार-भरा दिखाई देता है, तो तनिक भी चिन्ता न कीजिए। अपनी इच्छा पर दृढ़ रहिए, उसके लिए प्रयत्न कीजिए और आप उसे अवश्य पा लेंगे। सदा अपनी सफलता के विचारों में डूबे रहिए। अपने को उस भावी स्वप्न-लोक में बैठे हुए देखिए। असफलता का विचार भी अपने पास न फटकने दीजिए। आप देखेंगे कि सदा सफलता की ही अभिलाषा करते हुए एक दिन आप सचमुच उसे पा लेंगे।

जब अभिनेता क्लिफ्टन क्राफोर्ड अमेरिका में पहली बार अपना अभिनय दिखा रहा था, तो कम्पनी के एक प्रमुख सदस्य ने उसे कहा था कि वह इस क्षेत्र में कभी भी सफल नहीं हो सकता, अतः उसे वापस घर लौट जाना चाहिए। किन्तु इस बात से रत्ती-भर भी निराश न होते हुए युवक क्राफोर्ड अमेरिका में ही रहा और अभिनय करता रहा। परिणाम यह हुआ कि कुछ ही दिनों में वह ब्राडवे की दुर्लभ पदवी 'स्टार' तक जा पहुंचा। न्यूयार्क में यह असाधारण सफलता पाने के बाद

वह अपने उस पुराने मित्र से भी मिला, जिसने उसे लौट जाने की सलाह दी थी।

क्लिफ्टन क्राफोर्ड की सफलता का रहस्य यही था कि उसने अपनी सभी मानसिक और शारीरिक शक्तियों को अपनी इच्छा-पर्ति की ओर लगा दिया था और वह दूसरों की बातों पर ध्यान न देते हुए केवल अपनी आत्मा की ही आवाज़ पर चलता रहा। स्मरण रखो कि हृदय में उत्पन्न कोई भी उत्कट अभिलाषा ईश्वर की ही प्रेरणा होती है। इसकी कभी उपेक्षा मत करो। अपनी अभिलाषाओं से भय मत मानो–उनमें ईश्वरीय प्रेरणा छिपी है। अपनी आकांक्षाओं को असम्भव मानकर उन्हें मिटा देने का विचार न करो। ईश्वर ने ऐसी कोई भी इच्छा पैदा नहीं की, जिसे पूरा करने की योग्यता तुम में न हो।

हमारी असफलता का एक प्रमुख कारण यह है कि हम अपनी सफलता के इच्छुक नहीं। हमें जीवन के भौतिक पहलू को ही देखने का इतना अभ्यास हो जाता है कि मन में छिपी महान शक्तियों का ध्यान ही नहीं आता, जबकि यही शक्तियां वास्तव में जीवन को बनाने वाली होती हैं। हम तो अपनी इच्छा-पूर्ति के बारे में सोचने की बजाय अपने वर्तमान अभावों और निराशाओं में ही डूबे रहते हैं। तब हम उस ईश्वरीय शक्ति को भी भुला देते हैं, जिसके सामने संसार की कोई असफलता टिक ही नहीं सकती।

बैंजामिन डिज़राइली के इन शब्दों से इसी बात का समर्थन होता है–"मनुष्य परिस्थितियों का दास नहीं, परिस्थितियां ही उसकी दास हैं।" स्वयं बैंजामिन का जीवन इसका प्रत्यक्ष प्रमाण था। जाति और जन्म से विदेशी होते हुए भी उसने इंगलैण्ड का प्रधानमन्त्री बनकर असाधारण सफलता प्राप्त की।

जीवन में सफलता उन्हीं व्यक्तियों को प्राप्त हुई है, जो मन में उसे पहले प्राप्त कर चुके थे। जिन्होंने जीवन के स्वप्नों को सत्य किया, वे पहले उन्हें अपने मन में सत्य कर चुके थे। उनकी सफलता का रहस्य भी इसी में था। यदि हम अपने स्वप्नों को सत्य बनाना चाहते हैं, तो हमें भी यही रास्ता अपनाना होगा। हमारी सफलता का स्वप्न ही वास्तविक सफलता का द्वार खोलेगा। भारत की स्वतन्त्रता के संग्राम में आहुति देने वाली 'आज़ाद

हिन्द फौज' के नाम को भारत का इतिहास सदा स्वर्ण-अक्षरों में अंकित करेगा। इसके नाम से ही प्रत्येक भारतीय की आंखों के सामने सुभाषचन्द्र बोस का चित्र उभर आता है। 'नेताजी'–उनका एकमात्र नाम था और सचमुच उन्होंने वह नेतृत्व कर दिखाया कि संसार के इतिहास में वह एक ही अनोखी घटना बन गई है।

जब सुभाषचन्द्र बोस अपने अन्य सहयोगियों की नीति से असन्तुष्ट होकर कारावास में बैठे सोच रहे थे कि अब स्वतन्त्रता-संग्राम में मुझे क्या करना चाहिए, सहसा उन्हें आशा की किरण दिखाई दी। सुभाषचन्द्र जेल से ही देश छोड़कर विदेश की ओर भाग निकले। मन में एक स्वप्न था, संकल्प था–'आज़ाद हिन्द फौज' बनाने का। उस समय कोई भी सुभाष के इस स्वप्न को कोरा स्वप्न कहकर हंसी उड़ा सकता था। स्वयं सुभाषचन्द्र को भी पहले बहुत देर सोचना पड़ा था। पर उनके हृदय में प्रबल देश-प्रेम की आग थी जिसकी ज्वाला में तपकर उनका आज़ाद हिन्द फौज का स्वप्न सत्य हो गया।

संसार के इतिहास में यह घटना अपूर्व और अद्वितीय है कि किसी परतन्त्र देश के उत्साही युवक ने विदेश में जाकर वहां ऐसी प्रचण्ड फौज तैयार कर ली। जो अद्भुत काम देश के अनेक नेता न कर सके वह नेताजी ने विदेश में जाकर कर दिखाया। इसका रहस्य क्या था? नेताजी की दृढ़ भावना और अपनी शक्तियों पर प्रबल विश्वास ही वह प्रेरणा थी जिसने विदेशों में रहने वाले अनेक भारतीय युवकों के हृदय में देश के लिए कटकर मर जाने की शक्ति भर दी। 'आज़ाद हिन्द फौज' वास्तव में नेताजी के दृढ़ संकल्प का मूर्त रूप था। यह अपूर्व उदाहरण यही सिद्ध करता है कि अपने स्वप्नों पर विश्वास और उन्हें पूरा करने के लिए किये गए सच्चे प्रयत्न सचमुच ही मनुष्य को विजय का उपहार प्रदान करते हैं।

यदि आप अपनी चिरसंचित साध को पूरा नहीं कर पा रहे हैं और निराशा और आपत्तियों के अन्धकार में अपनी प्रसन्नता खो बैठे हैं तो दोष आपके विधाता का नहीं, इस संसार का भी नहीं–दोष किसी का है तो सिर्फ आपका ही। आप भी अपनी इच्छाओं को पूरा करने का प्रयत्न नहीं कर रहे हैं और न ही सफलता पाने के विश्वास से आगे बढ़ रहे हैं।

हम और हमारा वातावरण हमारे विचारों, विश्वासों व इच्छाओं का

फल है। प्रतिक्षण जीवन में हम अपने ही विचारों का फल पाते हैं। हम जो सोचते हैं, चाहते हैं और विश्वास करते हैं; वही हमारे जीवन को ढालता है।

जीवन में हम कितनी बार लोगों को किसी व्यक्ति के विषय में ऐसा कहते सुनते हैं–"वह जिस काम को हाथ में लेता है, उसी में सफल होता है" या "जिस चीज़ को वह छूता है, वही सोना बन जाती है।" ऐसा क्यों? क्योंकि वह व्यक्ति सदा अपने कार्यों की सफलता की कल्पना करता रहता है और अपने जीवन-स्वप्न को दृढ़ता से पकड़े हुए आगे बढ़ता है। इसी दृढ़ आत्मविश्वास और परिश्रम की शक्ति से वह चुम्बक की तरह सफलता को अपनी ओर खींच लेता है। जाने या अनजाने वह अपनी ईश्वरीय प्रेरणा से शक्ति लेता है और अपनी अभिलाषाओं को पूरा कर लेता है।

आप भी क्यों नहीं उसी ईश्वरीय प्रेरणा से अपने जीवन-स्वप्न को पूरा कर लेते? क्यों नहीं आप अपने जीवन के लक्ष्य को पाने का दृढ़ निश्चय कर लेते? निरन्तर अपने लक्ष्य को ही सोचने और उसके लिए प्रयत्न करने से आप अपने सारे जीवन को बदल सकते हैं। प्रत्येक मनुष्य के जीवन में एक क्षण ऐसा आता है जबकि उसके जीवन का आदर्श उसके सामने साकार हो उठता है। हम उस एक क्षण को अपने जीवन का अमर क्षण बना सकते हैं। केवल उस दिशा में सोचने की आवश्यकता है। जब हम हर क्षण उठते-बैठते, सोते-जागते अपने लक्ष्य की ही कल्पना करेंगे, वह हमारा स्वभाव बन जाएगा, जिसके बल पर एक दिन हम उस कल्पना को सत्य बना सकेंगे। अगर लोगों को अपनी कल्पना-शक्ति की महानता का पता लग जाए, तो सचमुच उनके जीवन में एक क्रान्ति आ सकती है।

इतिहास साक्षी है कि आज के कितने ही बड़े-बड़े प्रदेश पहले मरुस्थल समझे जाकर बेकार पड़े थे, जब तक एक दिन किसी महत्वाकांक्षी के सुझाव से मानव ने उन मरुस्थलों में परिश्रम के बीज नहीं बो दिए और उन्हें धन-सम्पदा से भरा-पूरा नहीं बना दिया।

मनुष्य भी इन्हीं मरुस्थल भूमि-खण्डों की तरह है, जिसके भीतर अकल्पनीय वैभव और सम्पत्ति के भण्डार छिपे पड़े हैं। बस, आवश्यकता है उन्हें ढूंढने की और उनके लिए परिश्रम करने की। ज्यों ही हम अपनी

शक्तियों में पूरा विश्वास रख अपने स्वप्नों की मंज़िल की ओर बढ़ेंगे, तभी हमें अपने सपनों का संसार मिल जाएगा।

मूर्ख और आलसी व्यक्ति ही भाग्य और अवसर की बात करते हैं। किसी को धनी होते देख वे कहते हैं–"कितना भाग्यशाली है!" किसी दूसरे को विद्वान देख कहते हैं–"उसका भाग्य-सितारा चमक रहा है।" किसी अन्य का उज्ज्वल चरित्र देख कहते हैं–"भाग्य उसकी कितनी सहायता करता है!" ऐसे लोग उन व्यक्तियों की वर्तमान सफलता को ही देखते हैं, लेकिन उस तक पहुंचने के लिए उन्हें कितना परिश्रम करना पड़ा, कितनी निराशाएं झेलनी पड़ीं–वे यह नहीं देखते। बहुत-से व्यक्ति इसीलिए असफल होते हैं, क्योंकि वे सफलता के लिए कुछ भी बलिदान करने को तैयार नहीं होते। स्मरण रखो, सफलता के लिए इच्छा पैदा होना तो खेत में बीज बोने के समान है। जैसे सिंचाई-सफाई आदि के बिना किसान बीज से अनाज नहीं पा सकता, ठीक वैसे ही प्रयत्नों के बिना आप सफलता नहीं पा सकते।

एक युवक काम की तलाश में अपने गांव से किसी ऐसे नगर में आता है, जहां उसका कोई परिचित नहीं होता। अपनी मेहनत के ही बल से वह वहां अखबार बेचने का काम शुरू करता है। धीरे-धीरे उसकी इतनी उन्नति हो जाती है कि वह अपनी अखबारों की दुकान बना लेता है। पर वह इतने से ही सन्तुष्ट नहीं होता। इसके साथ वह रात को कालेज में पढ़ने भी जाता है, अर्थात् दिन-रात उसके सामने अपनी उन्नति का ही स्वप्न रहता है। परिणाम यह होता है कि साधारण अखबार बेचने वाले से वह उस नगर का सुशिक्षित, धनवान नागरिक बन जाता है।

धनवान बनने की इच्छा जीवन की एकमात्र ऊंची इच्छा नहीं है, लेकिन इस युवक का उदाहरण यह सिद्ध करता है कि परिश्रम से कोई भी व्यक्ति जीवन की किसी भी इच्छा को पूरा कर सकता है। चाहे कोई डॉक्टर बनना चाहे या इंजीनियर–अपनी इच्छा पर दृढ़ विश्वास और उसके लिए प्रयत्न उसके स्वप्नों को अवश्य पूरा कर देंगे।

जैसे एक शिल्पी जब मकान के नक्शे को सामने रखता है तो उसके सामने केवल कागज़ी नक्शा ही नहीं, बल्कि मकान का साकार रूप भी होता है। असली मकान बनाने से पहले वह उसे अपनी कल्पना में बना

हुआ देखता है। ठीक इसी तरह हमारे जीवन का पूरा भवन तो अभी हमारे मन में ही है। जो कुछ हम आज हैं, वह तो केवल उस भवन का नक्शा ही है। हमारी महान शक्तियां और सफलताएं तो अभी आने वाली हैं। हां, उनकी कल्पना अवश्य हमारे मन में साकार रहती है और इसीलिए हम उन्हें जीवन में पा सकते हैं।

मनोविज्ञान का यह नियम है कि जिस वस्तु या व्यक्ति की आप मन से चाह करते हैं, उसी ओर आपके मन की सब शक्तियां खिंच जाती हैं और अपने आकर्षण से उन्हीं वस्तुओं को अपनी ओर लाने में सफल हो जाती हैं। उदाहरण के लिए एक विदेशी जब दूसरे देश में जाता है तो कुछ ही दिनों में वह वहां अपने मनचाहे मित्र बना लेता है। उस देश में वह एक परदेशी बनकर आया था, पर थोड़े समय बाद हम उसे स्वजनों व मित्रों से घिरा हुआ पाते हैं। इसका स्पष्ट अर्थ यह है कि उस युवक ने अपने विचारों के अनुसार व्यक्तियों को अपनी ओर खींच लिया। ऐसे और कितने ही उदाहरण हम देख सकते हैं। किसी युवक का मन स्वभाव से ऐश-आराम में बहुत लगता है। आप देखेंगे कि वह सैलून, नृत्यघर, सिनेमा या जुआघर आदि स्थानों पर जाएगा। एक दूसरा युवक जिसका झुकाव उच्च शिक्षा या आत्म-उन्नति की ओर है, वह गिरजाघर की ओर जाएगा, पुस्तकालयों में पहुंचेगा, किसी विद्वान का भाषण सुनेगा–यानी हर तरीके से अपने मन की उस इच्छा को पूरा करेगा।

यह एक अत्यन्त मनोरंजक घटना होगी, यदि दस हज़ार व्यक्ति दूसरे शहरों से लाकर न्यूयार्क शहर में स्वतन्त्र छोड़ दिए जाएं। आप देखेंगे कि वे झटपट अपनी-अपनी इच्छा के अनुसार संगी-साथी या काम ढूंढ लेंगे। जुआरी को जुआरी, कलाकार को कलाकार, संगीतकार को संगीतकार, धार्मिक को धार्मिक और चोर को चोर ढूंढने में देर नहीं लगेगी।

इससे यह स्पष्ट है कि मन चुम्बक की तरह अपनी ही तरह की वस्तुओं को खींच लेता है–विरोधी या विपरीत को नहीं। यह हमारी इच्छा पर निर्भर है कि हम अपने मन में चुम्बक को कैसा बनाते हैं। हम इसमें ईर्ष्या-द्वेष भरकर बदले में ईर्ष्या-द्वेष ही पा सकते हैं और प्रेम, सहानुभूति भरकर वही पा सकते हैं। दूसरे शब्दों में, जो कुछ आप मन से चाहते हैं, मानो उसे अपने जीवन में आने का निमन्त्रण देते हैं।

इसीलिए आपका सन्देह सन्देह को, ईर्ष्या ईर्ष्या को और प्रेम प्रेम को आकर्षित करता है।

जैसे हम सोचते हैं, वैसे ही हम बन जाते हैं। हमारा जीवन हमारे विचारों का फल है। अपनी आशा से बढ़कर आप कुछ प्राप्त नहीं कर सकते। बहुत-से लोग अपनी निराशाओं के कारण ही अपनी ईश्वरीय शक्तियों को संकुचित कर लेते हैं। वह यह नहीं जानते कि सदा अपनी निर्धनता, मित्रों का अभाव आदि अनगिनत निराशाओं की कल्पना करके वे स्वयं अपनी सफलता पर कुठाराघात करते हैं। वे भूल जाते हैं कि इन सब निराशाओं और अभावों की कल्पना करके वे स्वयं अपनी उन्नति के मार्ग में बाधा खड़ी कर रहे हैं।

यदि आपको अपने पांव की शक्ति पर विश्वास न होता तो आप कभी चल नहीं सकते थे; क्योंकि तब आप इसकी कोशिश भी न करते। इसी तरह यदि आप अपनी इच्छाओं पर विश्वास नहीं रखते, तो उन्हें कभी पूरा नहीं कर सकेंगे। एक महान विचारक के इन शब्दों में यही सत्य छिपा है–"अपनी आशाओं से अधिक आप नहीं बन सकते।"

ईश्वर ने हमारे हृदय में ऐसी कोई इच्छा उत्पन्न नहीं की है जिसे हम पूरा नहीं कर सकें। मनुष्य का सुन्दर, बलवान शरीर और विवेकवान मस्तिष्क इसका प्रमाण है कि ईश्वर ने हमें अपने जीवन को महान बनाने के लिए ही भेजा है। चिन्ता न कीजिए, यदि आज आपका जीवन निराशा और कठिनाइयों के अन्धकार से घिरा है। बस अपनी मंज़िल की ओर विश्वास से बढ़ते जाइए। परवाह नहीं–अगर आपके रास्ते में अनेक अड़चनें खड़ी होती हैं, लोग आपकी आलोचना करते हैं, आपको मूर्ख या पागल कहते हैं। याद रखें, लोगों ने ईसा को भी ऐसा ही कहा था, परन्तु ईसा का महान जीवन यह सन्देश देता है कि सदा अपनी आत्मा के सन्देश को ही सुनते हुए आगे बढ़ते जाओ। यह भी सच है कि इसके लिए तुम्हें बहुत बलिदान करने पड़ेंगे, लेकिन धैर्य और विश्वास लेकर अपने जीवन-लक्ष्य को दृढ़ता से पकड़े रखें, पल-भर भी उसे अपनी आंखों से ओझल न होने दें; क्योंकि वही आपका सुनहरा भविष्य है, वही आपके भाग्य का सितारा है, जिसके प्रकाश में बढ़ते हुए शीघ्र ही आप अन्धकार को चीरकर सौन्दर्य और प्रकाश की धरती पर पांव रखेंगे। आज आप यह भले ही न जान पाएं कि वह

जीवन-सितारा इतनी दूर क्यों चमकता है, उसके रास्ते में विपत्तियों के इतने पहाड़ क्यों खड़े हैं, किन्तु विश्वास रखो कि यदि उसकी ओर देखते हुए तुम आगे बढ़ते जाओगे तो एक दिन वहां अवश्य पहुंच जाओगे।

यदि विवशता के कारण आज आप किसी ऐसे काम पर लगे हुए हैं जिसे आप मन से चाहते नहीं, केवल वृद्ध माता-पिता या बीमार भाई-बहिन के लिए अरुचिकर काम में लगे हुए हैं–तो यह मत सोच लें कि बस यहीं आपका जीवन-लक्ष्य समाप्त हो गया। वह अरुचिकर काम करते हुए अपने लक्ष्य को मत छोड़िए, उसको पाने के लिए बराबर कोशिश करते रहिए। यही विश्वास और परिश्रम एक दिन आपको अपने मनचाहे काम तक पहुंचा देगा।

एडीसन आज संसार का महान आविष्कारक माना जाता है। जानते हो उसकी सफलता का रहस्य क्या था? वह था–उसका प्रतिभापूर्ण दिमाग और उस पर उसका अटूट विश्वास। ज़रा सोचो, अगर उसने यह आत्मविश्वास खो दिया होता या कठिनाइयों से निराश होकर सोचने लगता–'इन्हीं समस्याओं को सुलझाने में जब अनेक वैज्ञानिक असफल रहे हैं, तो भला मैं ही क्या कर लूंगा!'–तो क्या वह आज का महान वैज्ञानिक बन पाता? कभी नहीं। उसकी विजय का रहस्य उसके विश्वास में ही था। उसकी प्रतिभा सदा उसे आगे ही आगे खींचती थी, उसकी कल्पना सदा भावी आविष्कारों के सपने लिया करती थी और उन सपनों पर दृढ़ विश्वास उसे सचमुच एक महान वैज्ञानिक बनाने में सफल हुआ।

जो भी व्यक्ति अपने सपनों पर ऐसा ही अटूट विश्वास लेकर आगे बढ़ता है, उसके लिए सफलता के द्वार सदा खुल जाते हैं। किन्तु जो व्यक्ति आत्मविश्वास के बिना, सन्देह से बढ़ते हैं, उन्हें असफलता के सिवा कुछ नहीं मिलता।

यदि आपका रास्ता ऊबड़-खाबड़ और अन्धकार से भरा है तो यह मत भूलें कि आपके हाथों में एक दीपक है जिसकी रोशनी आपके हर कदम के साथ आगे बढ़ती है। चाहे दूर से रास्ता कितना ही अंधियारा दीखता है, पर जब आप वहां पहुंचेंगे तो प्रकाश भी आपके साथ पहुंचेगा। दूसरे शब्दों में, आत्मविश्वास और सामर्थ्य ही आपकी सफलता के पथ के अमरदीप हैं।

अब्राहम लिंकन के अमेरिका के राष्ट्रपति बनने का कारण उसका भाग्य या कोई स्वार्थ न था, बल्कि उसकी आंतरिक प्रेरणा ही थी, जिसने उसे महान जीवन बिताने के लिए प्रेरित किया था। यही ईश्वरीय प्रेरणा जो लिंकन की असाधारण उन्नति का कारण बनी—सभी मनुष्यों में रहती है। प्रत्येक व्यक्ति के जीवन के आरम्भ में ईश्वर का एक सन्देश मिलता है। यही सन्देश उसका पथ-प्रदर्शक बनकर उसे ठीक-ठीक राह पर ले जाता है। यदि हम भी इस सन्देश को जीवन में अपना लें, तो सचमुच लिंकन की तरह महान बन सकते हैं।

मनुष्य को प्रगति-पथ पर आगे बढ़ाने वाली यह विलक्षण शक्ति ईश्वर की प्रेरणा ही है, जो सृष्टि की प्रत्येक वस्तु को सदा ही आगे की ओर बढ़ाती जाती है।

ऐ संसार के महान पुरुषो! अपने अतीत के पन्नों को पलटो और देखो कि किस चमत्कार से तुम्हारे सफलता के द्वार खुलते गए और तुम सफलता के उस शिखर पर जा पहुंचे जिसके तुम स्वप्न लिया करते थे।

गोडियर रबर-आविष्कारक बनने से पहले एक स्वप्न-द्रष्टा और महत्वाकांक्षी व्यक्ति था। यह मोर्स के सपनों का ही परिणाम था कि हमें टेलीग्राम का आविष्कार मिला। साईक्रस डब्ल्यू. फील्ड के मन में समुद्री तारों की एक अद्‌भुत कल्पना थी। यदि वह निराशाओं के बावजूद उस कल्पना को आगे न बढ़ाता, तो संसार के बड़े-बड़े देश बेतार के तार से वंचित रहते। मारकोनी के सपनों के बिना शायद रेडियो का आविष्कार एक शताब्दी और रुक जाता। अलेक्ज़ेण्डर ग्राहम बेल यदि महत्वाकांक्षी न होता, तो हम अब तक टेलीफोन का लाभ न उठा पाते। यदि इलियस हौव ने कपड़े सीने की मशीन की कल्पना न की होती, तो स्त्रियां अभी तक हाथ से कपड़े सीती होतीं। यदि लिंकन जैसे महापुरुष ने स्वतन्त्रता का स्वप्न न लिया होता, तो आज भी उसके देशवासी पराधीनता की बेड़ियों में जकड़े होते।

ये महान व्यक्ति, जिन्होंने मानवता को किसी न किसी ढंग से ऊंचा उठाया, दृढ़ आत्मविश्वासी थे। वे आपत्तियों में भी अपने विश्वासों पर दृढ़ रहे और इसीलिए वे उन्हें पूरा करने में सफल हुए। विजय वही पाता है, जो रास्ते की अड़चनों से टक्कर लेता हुआ अपनी मंज़िल की ओर

लगातार बढ़ता रहता है। कोलम्बस ऐसा ही साहसी नाविक था। अपने साथी मल्लाहों के घोर विरोध और मार देने तक की धमकी से भी वह नहीं घबराया। उन दिनों की लिखी, उसकी दैनिक डायरी के ये शब्द–"अब हमारा जहाज़ दक्षिण की ओर इतना आगे बढ़ा, क्योंकि वही हमारा लक्ष्य था" –इसका प्रमाण है कि लक्ष्य और केवल लक्ष्य ही उसकी आंखों के सामने रहता था। उसका जहाज़ दक्षिण की ओर ही बढ़ता रहा, जब तक वह अपनी मंज़िल तक न पहुंच गया।

विज्ञान ने यह सिद्ध कर दिया है कि उड़ने की प्रबल इच्छा के कारण ही बाज़ के पंख निकल आए। आपकी अभिलाषाएं ही आपके पंख बनेंगी, जिनके बल से आप अपनी सफलता के आकाश में पहुंच जाएंगे। जहां आपका अपनी इच्छाओं में विश्वास रुक जाता है, वहीं सफलता भी रुक जाती है। विश्वास ही वह विलक्षण चुम्बक है, जो सफलता को अपनी ओर खींचता है। प्रत्येक सफलता के मूल में इच्छा ही है। सभ्यता के निर्माण में यह एक महान प्रेरणा रही है। प्रत्येक महान विजय व आविष्कार का बीज उसकी अभिलाषा ही है, जिस पर उन्हें अटल विश्वास था और जिसे पूरा करने के लिए उन्होंने तन-मन लगा दिया।

शरीर और आत्मा की इच्छाओं में महान अन्तर है। आत्मा की अभिलाषाएं वास्तव में ईश्वरीय प्रेरणा का फल हैं। ये अभिलाषाएं हमारे मन के द्वार खोलकर हमें सफलता का मार्ग दिखा देती हैं। ये कोरी कल्पनाएं नहीं हैं, बल्कि हमारे जीवन की भविष्यवाणी होती हैं।

हम प्रायः यह सोच लेते हैं कि अपनी ही शक्ति से आगे बढ़ रहे हैं, जबकि सच यह है कि हमें आगे बढ़ाने वाली एक भीतर की प्रेरणा शक्ति होती है। जीवन में कई बार जब भी हम अपने मनचाहे काम पर नहीं लगते, तब तक भीतर की प्रेरणा ही–चाहे इसे महत्वाकांक्षा कहें या ईश्वरीय शक्ति–हमें बराबर आगे बढ़ाती है, जब तक कि हमें अपना लक्ष्य न मिल जाए।

बहुत से लोग इस बात को नहीं समझते कि वे संसार में किसी विशेष कार्य के लिए आएं हैं और उन पर सत्य को जीवित रखने की बड़ी भारी जिम्मेदारी है। वे इतना भी नहीं सोचते कि उन्हें संसार में यह सन्देश देना है, जिसे वे ईश्वर से लेकर आए हैं। ऐसे लोग जीवन की महानता को

भूलकर लक्ष्यहीन जीवन बिताते हुए भटकते रहते हैं। मंज़िल सामने न होने के कारण से किसी भी तरफ चल पड़ते हैं। उनके लिए संसार एक शिकार का मैदान है, जहां पर वे अपनी इच्छाओं की पूर्ति के लिए जो चाहे कर सकते हैं। चाहे वह दूसरों के दुःख का कारण ही क्यों न बने।

उनकी आंखों में उन लाखों व्यक्तियों के प्रयत्नों का कोई मूल्य नहीं जिन्होंने उनके लिए यह सुन्दर संसार बसाया था। वे यह भी भुला देते हैं कि उन्हें भी संसार की उन्नति के लिए कुछ करना है। हम आज अपने पूर्वजों के लगाए वृक्षों के फल खा रहे हैं। उन आविष्कारों और महान पुरुषों ने अपने जीवन की निर्धनता और कठिनाइयों से संघर्ष कर जो कुछ निर्माण किया उसका उपयोग हम आज कर रहे हैं। उसी निर्माण-कार्य को आगे बढ़ाने के लिए ही हमारा जन्म हुआ है।

अपनी आत्मा की आवाज़ को सुनने से ही हम यह सब कर सकते हैं। अपने मन के स्वप्नों की ओर सदा बढ़ते रहने से हम जीवन में उन्हें सत्य बना सकते हैं। अपनी शक्तियों का ज्ञान ही चरित्र-निर्माण और सफलता का रहस्य है। शक्तियों का ज्ञान होने के बाद प्रयत्न वैसे ही अपने-आप आते हैं, जैसे प्रयत्नों के बाद सफलता। ईसा को अपनी महानता स्वयं प्राप्त नहीं हुई, बल्कि उसने उसे प्राप्त किया था। हम भी अपना लक्ष्य उसी प्रकार प्राप्त कर सकते हैं। ईसा जन्म से ईसा न था, वह तो अपने प्रयत्नों से ईसा बना।

ईसा ने लोगों को इस बात का विश्वास दिलाया कि तुम भगवान के मन्दिर हो। जब उसने यह कहा–"मैं और मेरा ईश्वर एक है"–तो वह अपने-आपको बाकी मनुष्यों से महान नहीं बताना चाहता था, बल्कि यही कहना चाहता था कि बाकी लोग भी उसी तरह महान बन सकते हैं।

हम अपनी महत्वाकांक्षाओं के साथ बढ़ते हैं। प्रत्येक सफलता पहले मन में आती है। मन के स्वप्न पर विश्वास ही सफलता प्रदान करवाता है।

अपने लक्ष्य की ओर लगातार बढ़ने से गौतम 'बुद्ध' बन गए। जार्ज वाशिंगटन ने तब तक विश्राम न लिया, जब तक उसने स्वतन्त्रता की कल्पना को साकार नहीं कर लिया।

हमारे जीवन के वे स्वप्न, जिनके पीछे हम अपनी सारी शक्तियां लगा देते हैं, हमें अपनी मंज़िल तक पहुंचा देते हैं।

निराशा पर विजय

जो अपने से निराश हो गया, उसको कौन आशा बांधेगा।

न्यूयार्क नगर में प्रतिवर्ष लगभग आठ सौ साठ अर्थात् प्रतिदिन दो से अधिक व्यक्ति आत्महत्या करते हैं। बेलवी अस्पताल ने ऐसे दो सौ पैंतीस व्यक्तियों को बचाया, जिन्होंने आत्महत्या का प्रयत्न किया था। संसार के अन्य बड़े नगरों में आत्महत्याओं की संख्या न्यूयार्क से भी अधिक है।

अनुमान है कि अमेरिका में प्रतिवर्ष पन्द्रह सौ से भी अधिक लोग आत्महत्या करते हैं। समस्त सभ्य संसार में प्रतिवर्ष एक लाख अर्थात् प्रतिदिन पांच सौ से अधिक लोग आत्महत्या कर लेते हैं। कितने दुःख की बात है कि विश्व में प्रति तीन मिनट बाद एक आत्महत्या होती है।

इन आत्महत्याओं का क्या कारण है, जबकि साधारण मनुष्य के लिए भी जीवन इतना बहुमूल्य है कि जेल की कोठरी में बैठा अपराधी भी फांसी से पहले जीवन के बचे हुए अमूल्य क्षणों को गिनता रहता है? आखिर क्यों इतने लोग अपने हाथों अपने जीवन का अन्त कर देते हैं?

केवल इसीलिए कि वे जीवन से निराश होते हैं।

आत्महत्याओं का मनोवैज्ञानिक विश्लेषण तो अभी नहीं किया गया, किन्तु दस में से नौ का कारण निराशा ही होता है।

कुछ दिन पूर्व न्ययार्क में एक युवक संगीतकार ने घोर निराशा में आत्महत्या कर ली। वह इतना निर्धन था कि उसे अपनी अमूल्य वायलिन

को गिरवी रखना पड़ा। अपनी प्रिय वायलिन के लौटा पाने की कोई आशा न देख, वह जीवन से इतना निराश हो गया कि उसने जीवन का अन्त ही कर लिया।

ऐसे संघर्षपूर्ण क्षण प्रत्येक व्यक्ति के जीवन में आते हैं। उनका सामना करना, हमारे साहस तथा ईश्वर-विश्वास पर निर्भर करता है।

उत्तरी फ्रांस के युद्ध में लड़ने वाले एक अंग्रेज़ अफसर ने अपने अनुभव बताते हुए कहा था–"सच्ची वीरता शस्त्र-युद्ध जीतने में नहीं, जीवन के संघर्षों को जीतने में है।" जीवन संघर्षमय है। सच्चा योद्धा वही है जो सब प्रकार की निराशाओं से जूझता हुआ तथा ईश्वर में विश्वास रखता हुआ साहस के साथ अडिग खड़ा रहता है।

बहुत-से प्रतिभावान युवक कलाकार आलोचकों की कटु आलोचना से निराश होकर कला की उपासना छोड़ बैठे। उन निराश कलाकारों ने यह नहीं सोचा कि जीवन-सफलता की मंज़िल पर पहुंचने के लिए अन्तरात्मा के बताए मार्ग पर दृढ़ विश्वास रखकर चलना पड़ता है।

जब ओलबुल अमेरिका में आया, तो आलोचकों ने कहा कि वह वहां अपनी धाक नहीं जमा सकेगा, क्योंकि संगीत-विद्या का उसे पूरा ज्ञान न था और उससे भी अच्छी वायलिन बजाने वाला एक कलाकार वहां था। उस कलाकार में कला-प्रतिभा तो थी पर ओलबुल जैसी आत्मानुभूति न थी। और इसीलिए आज उसे अमेरिका में कोई नहीं जानता, जबकि ओलबुल अमेरिकावासियों के हृदयों में अमर हो गया है।

निराशा मानव का सबसे बड़ा शत्रु और ईश्वर का अभिशाप है। मनुष्य की ईश्वरीय शक्तियों के नाश का सबसे बड़ा कारण यही है। इस घातक बीमारी के विष से प्रायः सभी ग्रस्त हैं। यह मनुष्य के तन और मन दोनों पर आक्रमण करती है। ऐसे अवसरों पर यदि आपमें अदम्य आत्मविश्वास न होगा, तो आप पथभ्रष्ट हो जाएंगे।

निराशा प्रायः अपने मन से आती है। निर्धनता तथा अपराध के लिए सबसे अधिक यही ज़िम्मेदार है। निर्धनता को लाने वाले निर्धन विचार ही होते हैं। शंका तथा भय से भरा मन कोई भी कार्य नहीं कर सकता। निराशावादी मनुष्य की शक्तियां निश्चेष्ट हो जाती हैं। मानसिक शक्तियों का नेता 'साहस' हार जाता है तथा निर्णय-शक्ति समाप्त हो जाती है। वह

किसी भी विषय पर ठीक विचार नहीं कर पाता, क्योंकि उसकी तर्क-शक्ति मन्द पड़ जाती है और उत्साह धीमा। दूसरे शब्दों में, सारे मानसिक जगत में अराजकता फैल जाती है। जब तक साहस नेता नहीं बनता, मन की शक्तियां कार्य नहीं करतीं।

अनेक व्यक्ति संघर्ष के ऐसे क्षणों में हिम्मत हार बैठे, जबकि विजय उनसे कुछ ही दूर रह गई थी। कितनी ही बार सफलता के तार या पत्र पहुंचने से पहले ही निराश व्यक्ति आत्महत्या कर चुका था। दैनिक समाचार-पत्रों में ऐसे कितने लोगों के समाचार मिलते हैं, जो व्यापार में असफलता, सम्पत्ति या मित्रों का अभाव, घर के कलह या प्रेम में असफलता आदि कारणों को एक ही नाम से पुकारा जा सकता है और वह है–निराशा या निरुत्साह।

आखिर इतनी आत्महत्याएं क्यों होती हैं? वास्तव में बीमार मस्तिष्क ही इसका कारण है। निराशा मन का रोग है। यह चेचक या किसी भी अन्य रोग से कम नहीं, बल्कि निराशा इन सबसे अधिक भयंकर है, क्योंकि इसके कारण मनुष्य मन का सन्तुलन खोकर अपराध करते हैं और अपना जीवन नष्ट कर बैठते हैं।

एक डकैत कैदी का यह पत्र इसका उदाहरण है कि कैसे निराशा कुछ लोगों को सच्चाई के रास्ते से दूर ले जाती है।

"हम अपने जीवन में बुरे कामों से निर्णय तब करते हैं जबकि हम निराश और संयमहीन होते हैं। उस भयानक आपत्ति से छुटकारा पाने के लिए तब कुछ भी करने को तैयार हो जाते हैं मानसिक निश्चेष्टता हमें कायर बना देती है।"

महायुद्ध के दिनों में एक व्यापारी ने निराश होकर व्यापार बन्द करने का निश्चय कर लिया। वह एक दिन किसी पार्क में इसी चिन्ता में बैठा था। तभी उसके पास एक भिखारी आकर बैठ गया। वह शराब पिए हुए था और गिरने ही वाला था। व्यापारी ने भिखारी से उसकी दुरवस्था का कारण पूछा। भिखारी भांप गया कि प्रश्नकर्त्ता स्वयं निराशा का शिकार है। अतः उसने भी कष्ट का कारण पूछा। व्यापारी ने उत्तर दिया, "मेरा व्यापार नष्ट हो गया है। अब सोच रहा हूं, क्या करूं।" भिखारी ने उसकी आंखों में देखते हुए कहा, "तुम क्या यह नहीं जानते कि तुम

मेरी अपेक्षा कितने अधिक धनवान हो। तुम्हारे पास यौवन, स्वास्थ्य तथा शक्ति है। तुम्हारी शक्तियों को आज निराशा ने ढक लिया है। तुम्हें जीवन की सब निधियां प्राप्त हैं। जीवन के मूल्य को समझो और निराशा को छोड़ो। इसी निराशा ने मुझे बरबाद किया। मैं एक पढ़ा-लिखा नवयुवक हूं। आज से कुछ वर्ष पूर्व तुम्हारी तरह व्यापार में असफल होने पर मैं हिम्मत हार बैठा और सोचा कि शायद शराब ही मेरी शक्तियों को फिर से जगा दे। मैं शराब पीने लगा। कुछ समय के लिए लगा कि फिर से मुझमें उत्साह का संचार हो गया है। परन्तु इसके साथ ही 'पीने की' आदत भी बढ़ती गई। बार-बार यत्न करने पर भी मैं शराब न छोड़ सका। परिणाम यह हुआ कि जीवन की सभी शक्तियां बुझने लगीं, और देखो, आज मैं निराश हूं, हताश हूं–और मेरा कोई भविष्य नहीं। मित्र! तुम्हारा जीवन तुम्हारी बाट जोह रहा है। सबसे बड़ा अपराध ठोकर लगने में नहीं, अपितु उसके बाद न उठने में है। विश्व में ऐसी कोई असफलता नहीं, जिसे सफलता में न बदला जा सके। महान पुरुषों ने असफलता को सफलता की सीढ़ी समझा था। उठो और याद रखो कि असफलता गिरने में नहीं, बल्कि हर बार गिरकर न उठने में है।"

उस भिखारी के मुख से भी ऐसे प्रेरक शब्द सुनकर व्यापारी बड़ा प्रभावित हुआ और मन में कहने लगा, 'यदि वह बरबाद व्यक्ति भी जीवन को इतनी आशा से देख सकता है, तो निश्चित ही मेरे लिए अभी बहुत आशा बाकी है।' अब वह व्यापारी उस पार्क से एक नई आशा तथा उत्साह लेकर लौटा। आज वह एक अत्यन्त धनवान पुरुष है। वह कहता है, "मेरी सफलता का सबसे अधिक श्रेय उस भिखारी को है, जिसने मुझे उस समय उत्साह दिया जबकि मैं अपना सब कुछ निराशा की बलिवेदी पर होम कर चुका था।"

जिस क्षण आप निराशा के वश में हो जाते है, तभी से आपकी समस्त मानसिक शक्तियां दब जाती हैं। उनमें पारस्परिक सहयोग नहीं रहता। परिणामस्वरूप वे कार्य नहीं कर सकतीं। प्रतिभा कुन्द हो जाने से कार्यक्षमता समाप्त हो जाती है। उस समय यदि आप निराशा से छुटकारा नहीं पाते और उसके स्थान पर आशा, उत्साह की कल्पना नहीं

करते, तो आपका जीवन ही बेकार हो जाता है। निराशा और असफलता का प्रत्येक विचार विनाशकारी होता है। यह मस्तिष्क को अन्धकारमय बनाकर ऐसे विनाशकारी निर्णय करवाता है। जिनसे जीवन की सब प्रसन्नताएं नष्ट हो जाती हैं।

बहुत से तलाकों का कारण विवाह के वे दुर्भाग्यपूर्ण निर्णय हैं जब विवशता में लड़कियों को अन्य कोई उपाय न सूझा। मुझे ऐसे अनेक उदाहरणों का पता है, जहां लड़कियों ने बहुत दुःखी होकर ऐसे पुरुषों से विवाह कर लिया, जिन्हें वे अपने अच्छे दिनों में कभी भी न चाहती थीं। उनकी मां या पिता की मृत्यु हो चुकी थी या परिवार पर कोई अन्य आपत्ति आ जाने के कारण उन्हें इसके सिवा और कोई चारा दिखाई नहीं दिया।

मानसिक कष्टों पर विजय पाना तो और भी कठिन है। जब निराशा हमें घेर लेती है या मृत्यु निर्दयता से हमारे किसी प्रियजन को हमसे छीन लेती है, तब दुःखपूर्ण घटनाओं में आशा की किरण देखना असम्भव हो जाता है। उस समय ऐसा लगता है कि हम जीवन में कभी मुस्कराएंगे ही नहीं। उन शोकपूर्ण क्षणों में हमें आश्चर्य होता है कि अन्य लोग कैसे हंसते हैं, खेल-तमाशों में जाते हैं तथा अन्य मनोरंजन करते हैं।

समय सब शारीरिक तथा मानसिक कष्टों को भुला देता है। वीर परिस्थितियों के दास नहीं, स्वामी होते है।

वर्षा ऋतु में कभी-कभी सहसा ही सूर्य छिप जाने से प्रकाश काली घटाओं से भर जाता है और हमें प्रकाश के लिए दिन में ही दीपक जलाने पड़ते हैं। पर दूसरे ही क्षण घटाएं बिखर जाती हैं और सूर्य का उज्ज्वल प्रकाश फिर से बिखर उठता है–मानो अन्धकार कभी था ही नहीं। ठीक इसी प्रकार ही जीवन में कितने अन्धकारपूर्ण क्षण आते हैं, जो कुछ थोड़ी देर ही ठहर पाते हैं और फिर आशा की किरणें चमक उठती हैं।

हमें यह कभी नहीं भूलना चाहिए कि दुःख की प्रत्येक काली घटा के पीछे आशा का सूर्य सदा चमकता रहता है।

सफलता का आधार है–मनुष्य का व्यक्तित्व और चरित्र। धन केवल एक साधन है। नवीन विचार-दर्शन के लोगों को मैंने उन असफलताओं पर विजय पाते देखा है, जिनसे निराश होकर पुराने विचारों के लोग अपना

जीवन नष्ट कर बैठे। अपने उच्च गुणों और चरित्र के बल पर एक साधनरहित व्यक्ति भी कितनी महान विजय प्राप्त कर सकता है–इसका उज्ज्वल उदाहरण भारत के इतिहास में मराठा वीर छत्रपति शिवाजी के जीवन से मिलता है। शिवा पहाड़ी प्रदेश में बिलकुल धन व शस्त्र और सेना से रहित अकेला ही आगे बढ़ा था। उसके पास केवल अपने अनुपम चरित्र का बल था और यही उसकी एकमात्र सम्पत्ति भी थी। इसी चरित्र और प्रभावशाली व्यक्तित्व के बल पर धीरे-धीरे शिवाजी ने एक वीर सेना तैयार कर ली। उसकी युद्ध-नीति के कारण उस छोटी-सी सेना के हमले बड़े भयंकर होते थे। उसकी सेना का एक भी सैनिक न मरता और शत्रु की बहुत हानि हो जाती। इसके साथ ही लूट से धन प्राप्त हो जाता। धीरे-धीरे शिवाजी की शक्ति इतनी बढ़ गई कि मुगलों के शक्तिशाली सम्राट औरंगज़ेब का सिंहासन भी हिल उठा।

इतिहास में यह घटना अपूर्व कही जाती है कि एक साधारण सैनिक से आगे बढ़ते हुए, शिवाजी एक प्रचण्ड सेना के सेनानायक बने और औरंगज़ेब जैसे कट्टर व शक्तिशाली शत्रु से लोहा लिया। इतना ही नहीं, बल्कि अपने सामने ही भारतवर्ष में 'हिन्दू पद-पाद शाही' स्थापित कर एक चमत्कार पैदा कर दिया।

नवीन जीवन-दर्शन इन्हीं ईश्वरीय आत्मिक शक्तियों में विश्वास करता है। ईश्वर ने कभी नहीं चाहा होगा कि किसी एक कार्य की असफलता के कारण उसकी सन्तान जीवन-भर मानसिक व शारीरिक कष्ट उठाए।

मनुष्य को अपने-आप पर ग्लानि अनुभव करने का केवल एक ही कारण हो सकता है और वह है–अपना दुष्कर्म या पाप। जीवन में असफल लोगों में भी अपूर्व कार्य-शक्ति होती है, जिसे वे केवल आत्मविश्वास की कमी होने के कारण प्रकट नहीं कर पाते। मनुष्य के आत्मविश्वास को जब कभी घटना-विशेष से ठेस लगती है, तो वह सदा के लिए निराशा का शिकार हो जाता है।

साहस मन का सम्राट है। उसके पतन के साथ ही अन्य मानसिक शक्तियां भी अपना कार्य छोड़ देती हैं। साहस के नेतृत्व के बिना कोई भी शक्ति आगे नहीं बढ़ती। परन्तु साहस जब मार्ग दिखाता है, तो अन्य

शक्तियां उभरकर सामने आ जाती हैं।

निराश व्यक्ति उस मूर्ख की तरह है जो सूर्य की ओर पीठ करके सारे संसार में अन्धकार ही देखता है। आवश्यकता है–उसे प्रकाश की ओर करने की। इमर्सन ने लिखा है–"मुझे उस व्यक्ति की आवश्यकता है, जो मुझसे वह करवा सके जो मैं कर सकता हूं।"

निराशा से छुटकारा पाने के लिए अपने-आपसे बढ़कर और कोई सहायक नहीं। यदि आप अपनी अन्तरात्मा के बताए हुए रास्ते पर आशा और विश्वास के साथ चलते रहें तो कोई भी कठिनाई आपकी प्रगति नहीं रोक सकती। जब आप अपनी ईश्वरीय शक्तियों को पहचान जाएंगे, तब आपका खोया साहस लौट आएगा। आप अपने बारे में एक नवीन दृष्टिकोण लेकर चल सकेंगे अर्थात् बिलकुल नया जीवन पा लेंगे।

उठो और प्रकाश की ओर बढ़ चलो। भाग्य को कोसना छोड़कर साहसी और सफल जीवन बनाकर दिखाओ जो तुम्हारा प्रभु तुमसे चाहता है।

अपने-आपसे कहो–"मैं ईश्वरीय अंश हूं, फिर मेरे निराश होने का क्या कारण है! मेरा निराश या निरुत्साह होना, ईश्वर को कभी स्वीकार नहीं। मैं जीवन में सफलता व प्रसन्नता के लिए आया हूं, न कि असफलता या पराजय के लिए। मैं स्वयं विजय हूं। मैं जीवन जीतने के लिए आया हूं, न कि हारने के लिए। मेरा जीवन प्रसन्नता, शान्ति या उत्साह के लिए है, न कि दुःख, चिन्ता या निराशा के लिए। मेरे भीतर कोई मुझसे कहता है कि मैं परिस्थितियों से महान हूं और मेरी निर्धनता और विनाश का कारण मेरे सिवा और कोई नहीं हो सकता। मेरे दुर्भाग्य का कोई कारण नहीं, क्योंकि मैं अपने भाग्य का स्वयं निर्माता हूं।

मैं ईश्वर की सन्तान हूं। मेरा जन्म निराशा के लिए नहीं हुआ है। मैं अपने पिता से एक हूं। मुझे अभाव तथा असफलता से कोई भय नहीं, क्योंकि भय का ईश्वर से कोई सम्बन्ध नहीं। मैं वीर, साहसी और विजेता हूं; परिस्थितियों का दास नहीं। मैं स्वतन्त्र हूं, बन्दी नहीं। मैं किसी भी मूल्य पर अपनी शक्तियों का निराशा के हाथों नाश नहीं होने दूंगा। मैं साहस हूं, शक्ति हूं–आत्मविश्वास हूं तथा स्वयं में पूर्ण पुरुष हूं। निराशा

का मेरे ऊपर कोई वश नहीं चल सकता, क्योंकि वह केवल दूषित मन की कल्पना है, सत्य नहीं। जीवन में मेरी निराशा यही सिद्ध करती है कि मेरा ईश्वर पर कोई विश्वास नहीं और मैं ईश्वर से बढ़कर किसी अन्य दानवी शक्ति में विश्वास रखता हूं। चाहे कितनी ही कठिनाइयां क्यों न आएं, मेरा काम विश्वासपूर्वक आगे बढ़ना है। अब से मैं यही निश्चय करके सोऊंगा कि सारे जीवन की डोर उस सर्वशक्तिमान के हाथ में है, जो सारे संसार का नियन्ता है।

हमारी समस्त निराशाओं और चिन्ताओं का मूल कारण हमारी ईश्वर से भिन्नता की भावना है, जिससे हम संसार में अपने को असहाय, अरक्षित व अकेला समझने लगते हैं। जो सदा ईश्वर को अपने पास समझता है, वह सब निराशाओं और कष्टों से ऊपर उठ जाता है। ऐसा व्यक्ति जीवन के प्रत्येक संघर्ष को प्रगति की सीढ़ी समझता है। वह परिस्थितियों पर विजय प्राप्त करता है, जबकि दूसरे लोग इन संघर्षों के भार के नीचे दब जाते हैं।

वह व्यक्ति महान है, जिसने जीवन के समस्त तूफानों को हंसते-हंसते झेलकर असफलताओं व कठिनाइयों से नष्ट होने के बजाय उन्हें अपनी सफलता का प्रेरणा-स्रोत बना लिया।

अपने-आपसे कहो–" मेरे जीवन की सफलता मेरे हाथ में है। कायरता या निराशा का दास बनकर अपना आत्मसम्मान नहीं खोऊंगा। मैं निराशा पर विजय प्राप्त कर सकता हूं। कोई चिन्ता नहीं यदि आज रास्ता मेरी आंखों से ओझल हो गया है। मैं ईश्वर में विश्वास रख आगे बढ़ता जाऊंगा। बाधाओं की परवाह न करते हुए मैं अपनी जीवन-नौका को मंज़िल की ओर लिए बढ़ता जाऊंगा।

"मैं अपने मन में हीनता की भावना नहीं आने दूंगा। इससे ईश्वर की महानता का अपमान होता है। मैं हीन नहीं हूं। जीवन की बहुमूल्य वस्तुएं मेरी प्रतीक्षा कर रही हैं। मैं ईश्वर-पुत्र हूं और ईश्वरीय विभूतियां मुझे विरासत में मिली हैं।

"जब भी मैं यह कहता हूं–मैं यह नहीं कर सकता, मैं वह नहीं कर सकता; मेरे लिए यह असम्भव है, मेरे लिए वह असम्भव है–तो मैं अपनी शक्तियों की उपेक्षा करता हूं। अब से मैं आशावादी बनूंगा और कहूंगा–मैं

कर सकता हूं; मैं करूंगा, मैं करने में समर्थ हूं।–और तब मेरी शक्तियां दुगुनी होंगी।

"यदि मैं उस सच्चिदानन्द का अंश हूं जो अनादि व अनन्त है, तो मुझे भयभीत होने का कोई कारण नहीं। मैं ईश्वरीय सत्ता का एक अंश हूं। मेरा अस्तित्व विनाश और परिवर्तन से ऊपर है। मैं अमर हूं। फिर मुझे इन साधारण बातों से घबराने की क्या आवश्यकता है। परिस्थितियों पर मैं विजय प्राप्त कर सकता हूं। मेरी मंजिल मेरे सामने है। अब कोई नहीं रोक सकता। मेरा यह निश्चय अटल है।"

बहुत-से लोग बाइबल की इन पंक्तियों को दुहराते हुए प्रेरणा लेते हैं–"जो ईश्वर की छत्रछाया में रहता है, ईश्वर उसकी रक्षा करता है। उसके संरक्षण में रहते हुए यदि उसपर विश्वास करोगे तो वह विश्वास तुम्हारी ढाल बन जाएगा।"

इन विलक्षण पंक्तियों में निराश हृदयों के लिए कितनी प्रेरणा भरी हुई है!

अपने मस्तिष्क में असफलता, निराशा, निरुत्साह की भावनाओं के स्थान पर उत्साह, आशा व सफलता के विचार भरना अत्यन्त मूल्यवान है और जीवन की सफलता व प्रसन्नता का रहस्य इसी में छिपा है।

मस्तिष्क एक समय में दो विरोधी विचार नहीं रख सकता–यह मनोवैज्ञानिक सिद्धान्त हमें अपने भाग्य को पूर्ण स्वामी बना देता है। जीवन की सफलता-असफलता, उन्नति-अवनति –हमारी इच्छा-शक्ति पर निर्भर करती है। हमारा व्यक्तित्व हमारे विचारों का दर्पण है।

यदि जीवन में निराशा, दुखों और कष्टों से संघर्ष न करना पड़े तो जीवन-यात्रा कितनी सुखमय बन जाए! परन्तु जीवन की महानता इसी में है कि कठिनाइयों में से निकलते हुए जीवन के महान सपनों को पूर्ण किया जाए।

उत्साह और सफलता के विचार के सिवा सफलता का और कोई उपाय नहीं। आशा की रचनात्मक शक्ति निराशा को ही नहीं भगाएगी बल्कि नई शक्तियां भी उत्पन्न कर देगी।

प्रत्येक मनुष्य अपने-आपमें यह दुहराता हुआ शक्ति और साहस को कई गुना अधिक बढ़ा सकता है–"मैं जगत्-नियन्ता की सन्तान हूं, इसलिए

मुझे डरने की आवश्यकता नहीं। यदि मैं अपने कर्तव्य की पूर्ति करता हूं तो मुझे फल की चिन्ता करने की भी कोई आवश्यकता नहीं और मैं करूंगा भी नहीं। मैं सत्य हूं–मैं साहस हूं–मुझे कोई डर नहीं, क्योंकि मैं ईश्वर के साथ एक हो चुका हूं। मेरे जीवन में कोई असफलता नहीं आ सकती, क्योंकि मेरा सम्बन्ध सफलता के उस अनादि स्रोत से है।”

सोया हुआ सिंह

वही अनुभव, पुस्तक, उपदेश अथवा विचार मनुष्य के जीवन में सबसे अधिक महत्व रखता है, जो उसके हृदय को छूकर उसमें छिपी महानता, उसके सोए हुए सिंह को जगा दे। महत्त्वपूर्ण वह नहीं जो तुम आज हो, बल्कि वह है जो तुम कल बन सकते हो।

एक बार एक शेर का बच्चा जंगल में अकेला खेल रहा था। उसकी मां सो रही थी। चारों ओर की नई वस्तुओं से आकर्षित होकर वह बाहर की ओर निकला। उसे दुनिया की उन सब वस्तुओं को देखने की इच्छा हुई, जिन्हें उसने पहले कभी भी नहीं देखा था। घूमते-घूमते उसे लगा कि वह बहुत दूर निकल आया। पर तब तक वह जंगल में खो गया था।

'मां! मां!' पुकारता हुआ वह इधर-उधर भटकने लगा। तभी सामने से एक भेड़ आई, जिसके अपने बच्चे कई दिन हुए मर चुके थे। शेर के बच्चे को रोते देख उसके हृदय में ममता उमड़ पड़ी और वह उसे गोद में उठाकर अपने घर ले गई। भेड़ उसे बड़ा प्यार करती। इस तरह दिन बीतते गए। अब वह भेड़ से इतना अधिक बड़ा हो गया था कि कई बार वह भी उससे डरकर सहम जाती। एक दिन अचानक उस जंगल में एक बड़ा शेर आ गया और सामने की पहाड़ी के ऊपर खड़ा होकर दहाड़ने लगा। भेड़ उसकी गर्जन को सुनकर थर-थर कांपने लगी और भय से उसका शरीर सुन्न हो गया।

परन्तु वह भयानक दहाड़ ज्यों ही शेर के बच्चे के कानों में पहुंची, उसके हृदय में विचित्र भावों की बाढ़-सी आ गई।

सिंह की दहाड़ ने उसके स्वभाव के एक ऐसे पहलू को छू दिया जो आज तक अछूता पड़ा था। उसमें एक नई चेतना कौंध गई। नई आशाओं और उमंगों के साथ उसे अनुभव हुआ कि उसमें एक ऐसी महान शक्ति छिपी पड़ी है, जिसका आज तक उसे भी पता न था। भावनाओं का वेग उमड़ा और वह भी उतने ही ज़ोर से दहाड़ने लगा। फिर अपनी भेड़ मां को आखिरी बार दुःख-भरी नज़रों से देखकर वह एक ही छलांग में शेर के पास जा पहुंचा।

आज इतने दिनों बाद भूले सिंह ने अपने-आपको पहचान लिया था। आज तक वह अपने-आपको भेड़ ही समझे बैठा था। उसने कभी भी यह नहीं सोचा था कि वह इन भेड़ों से भी अधिक बलवान है। पहले वह कुत्ते की भभकी से भी डर जाया करता, पर आज वह इस सत्य को जान गया कि कुत्ता ही क्या, जंगल के सभी जीव-जन्तुओं को वह अपनी एक ही दहाड़ से दहला सकता है। जब तक वह अपने-आपको भेड़ समझता रहा, उसमें भेड़ के बराबर शक्ति रही। उसके भीतर का एक शेर सोया रहा। यदि यही बात उसे तब कही जाती, तो वह उत्तर देता–"मैं भेड़ होते हुए भी सिंह का सा काम कैसे कर सकता हूं?" पर अब उसके भीतर का सोया सिंह जाग उठा था और अब वह सिंह को छोड़ किसी को भी अपने बराबर नहीं समझता था। अपने-आपको पहचानने के बाद उसकी शक्तियां कई गुना बढ़ गई थीं। सिंह की दहाड़ सुनने के पहले वह सिंह नहीं, केवल भेड़ था। सिंह की इस दहाड़ ने कोई नई शक्ति नहीं भरी, केवल उस शक्ति को जगाया-भर था, जो आज तक सोई हुई थी। अब उसे भेड़ का जीवन अच्छा नहीं लग सकता था। उसे चाहिए था–सिंह का जीवन, स्वच्छन्द विचरण और वन का विशाल राज्य।

ठीक इसी प्रकार प्रत्येक मनुष्य के भीतर उसका 'सिंह' सोया रहता है। आवश्यकता है, उस अवसर की जो हृदय की गहराइयों को छूकर उसमें छिपी शक्तियों को जगा दे। इन शक्तियों के जगाने पर मनुष्यहीनता और छोटेपन में सन्तोष नहीं पा सकता। अपनी महानता का ज्ञान पाने पर वह साधारण मिट्टी के पुतलों-सा जीवन कभी नहीं बिता सकता; किन्तु सदा

आगे, प्रगति की सुनहरी मंज़िल की ओर बढ़ने की चाह करता है।

जब मनुष्य यह जान जाता है कि वह ईश्वर का ही एक अंश है और उस महान शक्ति से उसका अटूट सम्बन्ध है, तो वह अपने भीतर दिव्य-शक्ति का अनुभव करने लगता है। तब उसके लिए कुछ भी असम्भव नहीं रहता। उसे लगता है कि अब उसमें कोई दुर्बलता नहीं, क्योंकि ईश्वर की महान शक्ति उसके शरीर और आत्मा में व्याप्त है। उसे यह विश्वास हो जाता है कि उसके जीवन की योजना ईश्वर ने बनाई है और वही उसकी रक्षा भी करेगा।

कौन कह सकता है कि गन्दी बस्तियों में रहने वाले, फटे-पुराने चिथड़ों में लिपटे हुए अनेक साधारण बालकों में भी कल के महापुरुष नहीं छिपे होंगे? आज भी कितने ऐसे युवक और युवतियां हैं, जिन्हें अपनी छिपी महानता का ज्ञान तक नहीं। उन्हें यह मालूम नहीं कि आज के इन साधारण लोगों में से ही कल के महापुरुष पैदा होंगे। भविष्य के कितने ही महान व्यक्ति आज होटलों या दफ्तरों में मामूली काम पर लगे हुए हैं।

अपनी शक्तियों का यह ज्ञान मनुष्य में अधिक परिश्रम करने की शक्ति जगाता है। थोड़ी-सी उन्नति होने पर साधारण-सा क्लर्क भी अपनी शक्तियों से कई गुना अधिक कार्य करने में समर्थ हो जाता है। शक्ति का यह स्रोत जब तक बन्द रहता है, तब तक महानता भी छिपी पड़ी रहती है।

याद रखो, महत्त्वपूर्ण यह नहीं जो तुम आज हो, बल्कि वह है जो तुम कल बन सकते हो। एक व्यापारी कभी भी अपनी पूंजी को किसी ऐसे व्यापार में नहीं लगाना चाहेगा, जहां उसे न तो सूद ही मिले और न ही कोई लाभ हो। क्या तुम जानते हो कि तुम ठीक ऐसा ही कर रहे हो? तुमने अपनी पूंजी किसी ऐसे ही व्यापार में लगा दी है? तुम्हारे भीतर तो धन से भी अधिक मूल्यवान पूंजी है। तुम उसका उपयोग क्यों नहीं करते? बैंक में काफी धन रहने पर भी यदि कोई व्यापारी यही सोचता रहे कि वह अपना थोड़ा-सा उधार भी नहीं चुका सकता, तो उसे तुम क्या कहोगे? पर तुम्हारी दशा तो उससे भी बदतर है, क्योंकि तुम्हारे पास महान योग्यताओं की पूंजी बेकार पड़ी है। जब तुम्हारे पास इतना अधिक धन है, तो तुम क्यों गरीबी में ही सारा जीवन नष्ट करने पर तुले हुए हो?

अपने भीतर के महान व्यक्तित्व को जगाने का प्रयत्न करो। आज तक तुमने ऐसा नहीं किया। उठो, अपने जीवन की योजना बनाओ, ताकि तुम्हारी महान शक्ति और प्रतिभा जो अब तक बेकार पड़ी है, फिर से जाग उठे। तुम उन सब शक्तियों को जानते हो और कभी-कभी उनका अनुभव भी करते हो। तुम्हारी अन्तःप्रेरणा तुम्हें यह बताती है कि तुममें इससे भी महान व्यक्ति छिपा हुआ है। तुम उसे क्यों नहीं पहचानते? क्यों नहीं जगा लेते?

स्वयं को हीन और अयोग्य समझने वाले कितने ही मनुष्य ज्यों ही अपनी महानता को पहचान पाए, वे नीचे से एकदम ऊपर उठ गए। शत्रु न रहकर वे समाज के मित्र बन गए। नई स्फूर्ति जगाने वाला यह आंचल यदि उन लाखों सोई हुई आत्माओं को छू पाए, जो स्वयं को हीन समझकर दुर्बलताओं में जीवन बिता रही हैं–तो मानवता का कितना कल्याण हो!

अनेक महापुरुषों, विद्वानों तथा विजेताओं की अनुपम सफलता का रहस्य उनके जीवन में हुई किसी विशेष घटना या अवसर में ही है। जब सहसा उन्हें अपनी छिपी शक्तियों का ज्ञान हुआ, तभी वे एकदम मानवता की ओर बढ़ सके। भारतीय साहित्य के गौरव, संस्कृत के महाकवि और नाटककार कालिदास का नाम कौन नहीं जानता! कालिदास तथा उनकी कृतियों का तो विदेशों में भी बहुत सम्मान है। परन्तु यह कितने आश्चर्य की बात है कि इस महान साहित्यकार की प्रतिभा और महानता का उदय तब हुआ, जबकि वह युवावस्था को पार कर चुका था और विद्याध्ययन भी छोड़ चुका था। कालिदास के भीतर सोए महान साहित्यकार को जगा देने वाला कोई और नहीं, स्वयं उनकी धर्मपत्नी विद्योत्तमा थी। यह भी एक अपूर्व संयोग था कि विद्योत्तमा एक अत्यन्त विदुषी, सुशिक्षित स्त्री थी; जबकि कालिदास तब तक इतना ही पढ़ा-लिखा था कि 'मूर्ख' की उपाधि से ही सुशोभित किया जा सकता था। परन्तु विवाह तक विद्योत्तमा को इस भेद का पता चल न सका। वह कालिदास को अत्यन्त विद्वान समझती रही। जब विवाह हो गया और नवविवाहित दम्पति इकट्ठे बैठे, तो अचानक किसी पशु की आवाज़ सुन विद्योत्तमा ने कालिदास से पूछा कि यह कौन बोल रहा है? कालिदास ने जो उत्तर दिया वह भाषा की अशुद्धियों से भरपूर था, मानो कोई अपढ़-गंवार बोल रहा हो। विदुषी विद्योत्तमा यह देख

आश्चर्य में पड़ गई। अपने पति की विद्वत्ता की यह पोल खुलते देख उसे बहुत निराशा हुई, किन्तु उस अवसर पर उसने धैर्य से काम लिया और शान्त पर दृढ़ वाणी में अपने पति से कहा–"स्वामी, जाओ, विद्या ग्रहण कर और विद्वान बनकर घर लौटना।"

कालिदास के लिए पत्नी के ये शब्द मानो प्रकाश-स्तम्भ बन गए। जिससे उसकी प्रसुप्त शक्तियां जाग उठी–मानो आग पर से राख झाड़ दी गई हो और वह प्रज्वलित हो उठी हो। कालिदास ने विद्याध्ययन किया और इतना परिश्रम किया कि संस्कृत में उनकी बराबरी का कोई विद्वान न रहा। एक मूर्ख व्यक्ति से कालिदास संस्कृत के महाकवि और नाटककार कालिदास बन गए। यह अपूर्व चमत्कार क्या इस बात का प्रमाण नहीं कि मनुष्य में कई अद्‌भुत शक्तियां सोई रहती हैं, जिन्हें जगाने पर वह साधारण से महान बन सकता है? सच तो यह है कि विशेष अवसर, घटनाएं आदि ही मनुष्य के भीतर सोए हुए सिंह के व्यक्तित्व को जगा देती हैं और उसे अपूर्व शक्ति प्रदान करती हैं।

संसार उन लोगों से आदर्श एवं उच्च जीवन की आशा करता है, जिन्होंने अपने जीवन की महानता और ईश्वर की एकता को समझ लिया है। वकील, डॉक्टर और राजनीतिज्ञों की अपेक्षा संसार को प्रेरणा देने वाले महापुरुषों की अधिक आवश्यकता है। विश्व को आज बड़े-बड़े व्यापारी व मिल-मालिक नहीं, बल्कि लिंकन जैसे महान व्यक्ति चाहिए।

अपने चारों ओर भेड़ों के से मनुष्य होने के कारण आप अपने सिंह के व्यक्तित्व को भले ही जान न पाए हों, लेकिन किसी समय तो आपको उसकी सत्ता का अनुभव होता ही होगा। आत्मा की शक्तियों को प्रकट करने वाली यह आवाज़ कहीं भी सुनी जा सकती है। एक बार यदि आपने उसे सुन लिया तो आपकी अज्ञात शक्ति जाग उठेगी। आज के नये दर्शन ने मनुष्य की इन्हीं सोई शक्तियों को जगाने का महान कार्य अपने ऊपर लिया है। इस विचारधारा से मनुष्य नया जीवन पा लेता है, तब उस पुराने मनुष्य में ही एक नया मनुष्य प्रकाशित हो उठता है। हीनता के सब भाव मिटकर आत्मविश्वास से भरा सागर उमड़ पड़ता है।

पिछले कई हज़ार वर्षों में रसायन तथा भौतिक-विज्ञान के नियगों में

कोई परिवर्तन न होने पर भी कई वैज्ञानिकों ने कितने ही नये आविष्कार कर दिखाए हैं। एडिसन के पास प्रायः वही सामग्री थी, जो आज से कई वर्ष पूर्व न्यूटन के पास थी–तो भी एडिसन उसी सामग्री से कितने नये आविष्कार कर पाया! मनुष्य स्वभाव आज भी वही है, जो आज से कई वर्ष पहले था; पर आज हम उसकी शक्तियों का कितना विकास, कितनी प्रगति देख रहे हैं।

नया दर्शन हमारे भीतर की उस अज्ञात शक्ति को जगा देता है, जो सदा प्रतीक्षा में सोई रहती है। यह कोलम्बस की भांति हमारे भीतर की उस भूमि की खोज करता है, जिसका हमें कभी ज्ञान नहीं होता।

अपने वर्तमान जीवन से असन्तोष इसका प्रमाण है कि हमने अभी तक अपनी सब शक्तियों का प्रयोग नहीं किया है। जब तक हमें जीवन में सन्तुष्टि प्राप्त नहीं होगी, हम उसके लिए संघर्ष करते रहेंगे। अन्तःप्रेरणा हमें बताती है कि हमारे भीतर एक अति सुन्दर एवं महान व्यक्तित्व है, जिसे हमने अभी तक प्रकट नहीं किया।

संसार में कितने ही ऐसे व्यक्ति हैं, जो व्यर्थ ही जीवन-भर किसी ऐसे चमत्कार की राह देखते हैं, जो जादू की छड़ी से एकदम उन्हें ऊंचा उठा दे–जो उनकी सब आकांक्षाओं को पूरा कर उनकी आत्मा की प्यास बुझा दे तथा उनके सपने साकार कर दे। यदि तुम भी किसी ऐसी चमत्कारिक शक्ति की प्रतीक्षा कर रहे हो, जो तुम्हें अमर जीवन दे सके–कोई जल का ऐसा झरना, जो तुम्हारी युगों से प्यासी आत्मा को तृप्त कर दे, तो नये दर्शन के तट पर आकर इस अमृत का पान करो और अपनी प्यास बुझाओ।

हम जो कुछ आज हैं, वह ईश्वर की महान शक्ति का एक अंश है। पर यह छोटा-सा अंश भी हमें आने वाले महान जीवन का सन्देश देता है। हम तब तक विश्राम नहीं करेंगे, जब तक उस महानता को प्राप्त न कर लें। अन्तःप्रेरणा हमें बताती है कि इस तुच्छ जीवन में भी महानता छिपी पड़ी है, जिसे हमें प्रकाशित करना चाहिए और उसका उपयोग करना चाहिए। भविष्य के इस महान जीवन का ज्ञान हमें वर्तमान की सीमा से ऊंचा उठा देता है। सच कहें तो हमारा आज का जीवन आने वाले महान जीवन की भविष्यवाणी है; उसे हम प्राप्त करेंगे। वही हमारे जीवन का लक्ष्य है।

अपने को पहचानो

बहुत कम लोग मृत्यु से पूर्व अपने-आपको पहचान पाते हैं। अपने को पहचानने के लिए मनुष्य को अपने से बाहर निकलकर, तटस्थ बनकर, आत्मनिरीक्षण करना है।

एक प्राचीन धर्म-कथा है कि जब ईश्वर मानव को लम्बी जीवन-यात्रा के लिए तैयार कर रहा था, तब अन्य विशेषताओं के साथ देवदूत मानव को पूर्ण सन्तोष का वरदान भी देने लगा। पर ईश्वर ने उसे रोक दिया–"नहीं।" उसने कहा, "यदि तुम मनुष्य को पूर्ण सन्तोष प्रदान कर दोगे तो उसके खोजपूर्ण जीवन की सारी प्रसन्नता ही नष्ट हो जाएगी।"

किसी के भी जीवन में वह क्षण महत्वपूर्ण और महान होता है, जिस क्षण वह अपने महान व्यक्तित्व की झलक पाता है–जब वह अपनी अलौकिक विशेषताओं और शक्तियों का परिचय पा लेता है। वही घटना जीवन में चिरस्मरणीय होती है, जो मनुष्य का सोया हुआ ईश्वरत्व जगा देती है।

न्यूयार्क की एक प्रिंसिपल ने अपने अनुभव बताते हुए लिखा है–"जब मुझे यह अनुभव हुआ कि इस संसार में मेरी भी आवश्यकता है, तो एकदम मुझे लगा कि मेरे अन्दर एक और व्यक्तित्व है, जो सच ही मेरे बाहरी व्यक्तित्व से अधिक महान है–जिसकी संसार को भी आवश्यकता है। तब से मैं इस स्कूल को ही सब कुछ नहीं मानती, क्योंकि यह सारा संसार ही एक स्कूल है और इसीलिए मेरा कार्यक्षेत्र भी अनन्त है।"

यह महिला एक सफल शिक्षिका सिद्ध हुई, क्योंकि वह अपने जीवन के महान लक्ष्य को पहचान चुकी थी; यद्यपि उसका पालन-पोषण ऐश्वर्य की गोद में हुआ था, किन्तु शिक्षक-जीवन के लिए उसकी अन्तरात्मा इतनी इच्छुक थी कि वह बरबस उधर खिंच आई। इस शिक्षण-कार्य में न केवल उसने अपना पूर्ण विकास किया, बल्कि दूसरी महिलाओं को भी आत्मविकास में सहायता दी।

संसार के कठिनतम कार्यों में से एक है–लोगों को उनकी सोई हुई शक्तियों और छिपी महानता से परिचित कराना। कारण यह है कि लोग अपने व्यक्तित्व और शक्तियों का पूरा परिचय ही नहीं रखते, न ही वे इसके लिए प्रयत्न करते हैं। इस सम्बन्ध में एक पौराणिक कथा याद हो आती है। एक बार सब देवताओं में विश्व की परिक्रमा करने की होड़ लगी। कौन सबसे पहले सारी पृथ्वी का चक्कर लगाकर आता है–इसका निश्चय करने के लिए सभी देवता अपने-अपने वाहन पर बैठ चल पड़े। सभी के वाहन तेज़ चलने वाले थे–रथ, घोड़ा, सिंह, हाथी आदि; पर गणेश जी का वाहन था सबसे धीरे चलने वाला चूहा। सभी देवताओं ने गणेश जी की हंसी उड़ाई और कहने लगे–भला चूहे की रथ और घोड़ों से क्या बराबरी! अवश्य ही गणेश जी पीछे लौटेंगे।

दौड़ शुरू हुई। सभी देवता अपने-अपने वाहनों से तेज़ चल पड़े। परिणाम वही हुआ। गणेश जी सबसे अन्त में वापस पहुंचे। निर्णय घोषित किया गया। सब आश्चर्यचकित रह गए, जब गणेश जी को सर्वप्रथम घोषित किया गया। कारण बताते हुए निर्णायक ने कहा–"गणेश ही की विजय का रहस्य इस बात में है कि उन्होंने आप सबकी तरह केवल विश्व की ही परिक्रमा नहीं की, बल्कि अपने चारों ओर भी एक चक्कर लगाया। आप सब तो संसार का ही चक्कर लगाकर जल्दी पहुंचने की उत्सुकता में अपने-आपको भी भूल गए थे, पर गणेश जी ने इस रहस्य को समझा है कि संसार का ज्ञान अधूरा है, जब तक मनुष्य को अपने-आप का ज्ञान न हो।"

यह है 'अपने को पहचानो' शब्दों का महत्व! सचमुच ही अपने को जाने बिना हम विश्व को नहीं जान सकते।

प्रो. विलियम जेम्स का कहना है कि हममें से प्रत्येक के पास वह

अद्भुत शक्ति है, जिसकी हम कल्पना भी नहीं करते। यदि हम अपने हृदय का एक्स-रे कराएं, तो पता लगे कि हमारे भीतर कितनी अपार शक्तियां हैं जो अभी प्रकट नहीं हो सकी हैं। शरीर के भीतर की उस आश्चर्यजनक शक्ति को देखकर कोई भी मनुष्य आश्चर्यचकित हो यह कह उठेगा–'ये असाधारण विशेषताएं तो किसी और व्यक्ति की होंगी, जो जीवन में सफलता के शिखर पर पहुंच चुका है। मेरे जैसे असफल व्यक्ति की ये विशेषताएं नहीं हैं।'

भीमकाय वटवृक्षों का विशाल रूप एक छोटे-से बीज में छिपा होता है, जो अनुकूल परिस्थिति में उस विशाल वटवृक्ष को जन्म देता है। किसी बौने वटवृक्ष को देखकर हम यह समझ जाते हैं कि उसके बौनेपन का कारण अनुकूल परिस्थितियों का अभाव ही है, जिससे वृक्ष अपना पूरा विकास नहीं कर सकता।

बिल्कुल यही बात संसार में जन्म लेने वाले प्रत्येक बच्चे की है। प्रत्येक बालक में आदर्श व्यक्ति बनने के गुण बीज-रूप में विद्यमान रहते हैं। आवश्यकता केवल अनुकूल परिस्थितियों की है, जिसके द्वारा वे अपने पूर्ण विकास तक पहुंच सकते हैं। यही कार्य प्रकृति करती रहती है। प्रत्येक बीज में वह एक पूर्ण विकसित, आदर्श रूप की योजना करती है। प्रकृति को बौना वटवृक्ष स्वीकार नहीं, वह तो उसे विशाल देखना चाहती है। ठीक इसी तरह मानव-जीवन को भी वह पूर्ण विकसित देखने की कामना करती है। प्रकृति मानव-जीवन को जितना महान और उच्च देखना चाहती है, आज का मानव-जीवन उसके मुकाबले में कुछ भी नहीं।

ऐसे पूर्ण विकसित मानव गांधी या लिंकन जैसे कुछ व्यक्ति ही होते हैं। जैसे विशाल वट के पेड़ भी कहीं-कहीं दिखाई देते हैं। अन्य लोगों में से अधिकांश तो बौने मानव ही कहे जा सकते हैं, फिर भी मुझे विश्वास है कि वह समय आएगा, जब संसार का औसत मनुष्य आज के मनुष्य से अधिक विशाल और महान होगा।

जो कुछ आप कर रहे हैं, उससे सौ गुना अधिक कार्य करने की शक्ति आपके भीतर है। वास्तव में महत्त्व उसका नहीं जो आप सब कर रहे हैं, बल्कि उसका है जो आप भविष्य में करने की इच्छा रखते हैं–जिसकी प्रबल आकांक्षा आपको उसकी महानता की ओर खींचती है। अब तक शायद

आपकी शक्तियों का पूरा विकास न हो पाया हो। किन्हीं बाधाओं के कारण आपका विकास अपूर्ण रह गया हो, किन्तु उसी भीतर छिपे महान व्यक्तित्व का पूरा विकास आपको करना है–यही ईश्वर का आदेश है। बीज के रूप में छिपी इन्हीं विशेषताओं को प्रकट करना ही आपके जीवन का एकमात्र लक्ष्य होना चाहिए।

शायद आपके सागर जैसे अन्तर में योग्यताओं की ऐसी अनगिनत खानें छिपी हों, जिनको आप जानते भी नहीं। कौन कह सकता है कि आपके अन्दर एक महान लेखक बनने की शक्ति न सोई हो; जाने कितनी अपूर्व सुन्दरता आपके प्रयत्नों की प्रतीक्षा कर रही हो; न जाने कितना मोहक संगीत आपके हृदय में मौन पड़ा हो; साहस, सहानुभूति, प्रेम, नेतृत्व की योग्यता–ऐसे न जाने कितने अनमोल गुण आपके व्यक्तित्व में छिपे पड़े होंगे।

शायद आप इस पर विश्वास नहीं करेंगे, सच तो यही है कि आप स्वयं उनसे अनजान हैं। संसार में ऐसे अनेक व्यक्ति हैं, जो अपनी महान शक्तियों से उसी तरह अनजान रहते हैं, जैसे कोलम्बस से पहले देशी अमेरिकन पश्चिमी प्रदेश से अनजान रहे।

इमर्सन ने कहा है–"बहुत कम लोग मृत्यु से पूर्व अपने-आपको पहचान पाते हैं।" बहुत कम व्यक्ति अपने जीवन में सभी शक्तियों को प्रकट करते हैं, बाकी तो उन्हें साथ लिए ही मर जाते हैं। हममें से अनेक तो ईश्वर के सन्देश को संसार में दिए बिना ही यहां से चले जाते हैं। कई बार तो अत्यन्त बलवान व्यक्तियों को भी उनकी शक्ति का ज्ञान देने की बहुत आवश्यकता रहती है। भारतीय इतिहास के प्रचण्ड बलवान योद्धा पवनपुत्र हनुमान को भी उनकी शक्ति का ज्ञान कराने की ज़रूरत पड़ गई थी। प्रसंग उस समय का है, जब रामचन्द्र जी समुद्र पार ले जाई गई अपनी धर्म-पत्नी सीता का सन्देश मंगवाने के लिए किसी दूत को भेजना चाहते थे। हनुमान जी भी सबके साथ बैठकर इस समस्या का हल ढूंढ रहे थे। अचानक अंगद जी ने हनुमान जी की ओर देखकर कहा कि यह काम तो उनके बायें हाथ का खेल है, जो स्वयं वायु का अवतार है उसके लिए समुद्र पार करना कौन-सी असम्भव बात है! अंगद जी का यह कहना ही था कि हनुमान जी मानो गूढ़ निद्रा से

जाग उठे। 'वे स्वयं वायु के अवतार हैं'–इस वाक्य ने उनको अपनी अपार शक्ति का ज्ञान करा दिया। भूले हुए सिंह को मानो शीशा दिखा दिया गया था। अब क्या था–दूसरे ही क्षण हनुमान जी कूदकर खड़े हो गए। सोई हुई शक्ति दुगुनी हो गई और वे वायुवेग से समुद्र को पार कर गए।

कई व्यक्ति अपने अधूरे प्रयत्नों को छिपाने के लिए दलीलें देते हैं –"यदि मैं जानता कि मेरे भीतर रूज़वेल्ट या मार्शल फील्ड की योग्यता है, तो दुनिया का कोई भी कठिन काम करने से मैं कभी न हिचकिचाता। फिर चाहे उस तक पहुंचने में कितना ही समय क्यों न लगता, मैं अड़चनों या मुसीबतों की परवाह न कर उसे पाने की आशा में बढ़ता ही जाता।"

किन्तु मैं पूछता हूं कि आपको इसका पता कैसे लग सकता है? बिना अपने अन्तर को खोजे आप यह कैसे जान सकते हैं कि आप में महान योग्यता छिपी पड़ी है? यदि आपने अपनी सारी शक्तियों को आजमाया ही नहीं, तो आप उनके बारे में क्या निश्चय कर सकते हैं? सम्भव है कि आपमें वह योग्यता सोई पड़ी हो, जिसकी अभी आप कल्पना भी नहीं करते। फिर दूसरों की योग्यता देखने में ही अपना अमूल्य समय गंवा रहे हो? क्यों नहीं अपनी शक्तियों को अन्धकार से प्रकाश में लाते? हो सकता है आपमें रूज़वेल्ट से भी अधिक महान व्यक्ति इसलिए सोया पड़ा हो, क्योंकि आपने उसे अभी तक जगाया ही नहीं।

हम स्वयं अपनी सफलता की सीमाएं बनाते हैं। ऐसा ही एक उदाहरण देते हुए इमर्सन ने 'आत्मविश्वास' पर एक निबन्ध में लिखा है–एक बार एक शराबी अधमरी हालत में नाली से उठकर एक ड्यूक के घर लाया गया। वहां उसे नहलाया गया, अच्छे वस्त्र पहनाए गए और ड्यूक के बिस्तर में सुला दिया गया। जागने पर सबने उससे ऐसा व्यवहार किया मानो वह भी ड्यूक हो और सचमुच उसे इसका विश्वास करा दिया गया। ठीक इसी प्रकार मनुष्य भी इस संसार में अपने महान रूप को भूल शराबी की तरह भटकता रहता है। कभी अचानक यदि वह अपनी महानता को पहचान लेता है, तो फिर उसका जीवन ड्यूक की तरह उन्नति के शिखर पर जा पहुंचता है।

आज चारों ओर लोग अविकसित और अपूर्ण जीवन ही बिता रहे हैं।

जीवन के विशाल मरुस्थल में कहीं-कहीं कुछ परिश्रमी लोगों ने उसे हरा-भरा बनाया है, बाकी सब बंजर ही बंजर पड़ा है। ऐसे लोग यह समझ नहीं सके कि संसार के नाटक में उन्हें भी एक महत्वपूर्ण पार्ट अदा करना है। आज के औसत नवयुवक को अपनी पूरी योजनाओं का ज़रा भी अनुमान नहीं। हमारे विद्यालय भी उन्हें अपने-आपको पहचानने में पूरी सहायता नहीं देते।

अपने को जानना अपने ईश्वर को जानना है। नया जीवन-दर्शन भी हमें यही सिखाता है। उसकी दी हुई आत्मदर्शन की यह किरण मानव-जीवन को अधिक उच्च, अधिक आदर्श, अधिक महान बनाने में अनुपम सहायता करती है।

कई बार जीवन के कष्टों से भिड़ते, विपत्तियों पर विजय पाते हुए मनुष्य अपनी अनेक छिपी शक्तियों का परिचय पा लेता है। किसी तरुण लेखक की प्रथम रचना के 'धन्यवाद सहित वापस' लौट आने के कारण ही वह एक असाधारण लेखक बन गया। सम्भव था कि प्रथम रचना में ही सम्मान मिलने पर वह इतना उत्तम व असाधारण लेखक न बन पाता। अनेक व्यक्तियों की विशेषताएं इतनी गहरी छिपी रहती हैं कि उन्हें प्रकट करने के लिए असाधारण प्रयत्न या विशेष घटना की आवश्यकता होती है। कोई मामूली घटना उन छिपी शक्तियों को बाहर नहीं ला सकती। उनके लिए तो ऐसा प्रबल तूफान चाहिए, जो उनकी निराशा की दीवारों को तोड़ता हुआ अन्दर दबी शक्तियों को उभार लाए। उन्हें यह विश्वास दिला दे कि अपने सिवा और कोई बाहरी शक्ति उनकी सहायता के लिए नहीं आएगी—स्वयं ईश्वर भी नहीं। इस तरह जब तक उनके अन्दर के बन्द द्वारों पर ठोकर नहीं लगाई जाती, वे खुलेंगे नहीं और उनमें एक शक्ति बन्द ही रहेगी। सच तो यह है कि अनेक बार घोर निराशा के बादलों के पार ही आशा की किरण चमक उठती है और पहले के आशा के खण्डहरों पर ही सफलता का नया भवन बन जाता है।

कई पौधे ऐसे होते हैं, जिन्हें जब तक मसला न जाए, सुगन्धि नहीं देते। उसी तरह कुछ व्यक्ति भी ऐसे होते हैं, जो किसी भयंकर विपत्ति में पड़ने पर ही अपने गुणों की सुगन्धि बिखरा पाते हैं। ऐसे व्यक्ति आधे से अधिक जीवन यों ही गुज़ार देते हैं। एक दिन अचानक उनके जीवन

में एक तूफ़ान आता है, जिसके प्रबल धक्के से उनकी उन शक्तियों के बन्द द्वार खुल जाते हैं, जिनके होने की कल्पना उन्हें सपने में भी न थी।

अमेरिका के गृहयुद्ध ने न केवल अब्राहम लिंकन जैसा महान राष्ट्रपति दिया, बल्कि अलीसस ग्रांट जैसा असाधारण सेनापति भी। जीवन के पहले चालीस वर्षों में ग्रांट को अपने परिवार के सिवा और कोई नहीं जानता था। तब तक खुद ग्रांट भी अपनी असाधारण प्रतिभा से अनजान था। किसी ने कल्पना भी न की थी कि इन्हीं सैनिकों में एक महान सेनापति छिपा हुआ है, जो आगे जाकर इतिहास में अमर होगा। कौन जानता था कि अमेरिका देश के प्रथम भाग्य-विधाता लिंकन के बाद दसरा नाम उस साधारण सैनिक का होगा! अपने जीवन के उन्तालीस वर्षों तक ग्रांट को कल्पना भी नहीं थी कि वह अमेरिकी गृहयुद्ध का महान सेनापति होगा। 'वैस्ट प्वाइंट' में बी.ए. तक पढ़नेवाला वह एक साधारण युवक था। बत्तीस वर्ष की आयु में, अपनी अयोग्यता के कारण, उसे सेवा से इस्तीफा देना पड़ा। फिर वह कस्टम-हाउस में काम करने लगा। वहां से असफल हो स्टोरकीपर बना, फिर टर्नर–पर सबमें असफल हो उसे भागना पड़ा। अन्त में जब अमेरिका के भयानक गृहयुद्ध ने सारे देश को झकझोर डाला, तो उस असफल ग्रांट के भीतर का महान सेनापति जाग उठा और वह अपनी असाधारण सफलता से सारे विश्व को चकित कर गया।

अमेरिका के सुप्रसिद्ध न्यायाधीश स्वर्गीय जस्टिस मिलर ने सैंतीस वर्ष की आयु तक कानून का एक अक्षर भी न पढ़ा था। तब तक उन्हें अपने भविष्य का कोई ज्ञान न था। पर अगले दस वर्षों में मानो किसी अलौकिक शक्ति से अमेरिका के सुप्रीम कोर्ट के उच्च न्यायाधीश पद पर जा पहुंचे।

जीवन में असाधारण सफलता प्राप्त करने वाले लोग किस प्रकार अपनी शक्तियों को पहचान सके। एक विशेष घटना, आपत्ति, प्रेरक मित्र या उत्तम पुस्तक से उन्हें कैसे प्रेरणा मिली–उनके ये अलग-अलग अनुभव आज के नवयुवकों को अपने जीवन में महत्वपूर्ण मार्गदर्शन दे सकते हैं। वह व्यक्ति, जो संसार को प्रेरणा देने वाली ऐसी पुस्तक लिखेगा, जिसमें महापुरुषों के प्रेरणादायक संस्मरण हों, मानव-मात्र पर एक महान उपकार करेगा।

बाहरी सहायता के सहारे हम अपने व्यक्तित्व का विकास नहीं कर सकते। स्वयं कठिनाइयों से जूझते हुए, संकटों पर विजय पाते हुए जो

साहस और योग्यता के लिए भी बाहरी प्रेरणा का मुंह ताकते हैं। उनकी सदा यही शिकायत रहती है कि उन्हें सफलता की राह में सहायता देने वाला कोई नहीं मिला। काश! वे जान पाते कि अपने सच्चे सहायक तो वे स्वयं हैं! सच्चा साथी उनकी अपनी योग्यता है, जो सदैव ही उनके साथ रहती है।

कोई भी व्यक्ति अपने बाप-दादा की जायदाद से ही जीवन सफल नहीं बना सकता। उसे सबसे पहले अपने अन्दर के अतुल वैभव को ढूंढना होगा। और यह वैभव उसे विरासत में नहीं मिलता। इसके लिए अपने-आप प्रयत्न करना होता है।

एक बार एक स्त्री ने अपने पति को रोटी के स्वादिष्ट होने का कारण बताते हुए कहा–"इस रोटी में अच्छी रोटी के सब गुण मौजूद हैं, फिर भी कोई इसे खाना पसन्द नहीं करता। कारण यह है कि पकते समय यह ठीक से फूली नहीं थी।"

बस, बिलकुल यही बात उन सब युवकों पर लागू होती है जिनमें सब गुण हैं, शक्तियां हैं, महानता के बीज हैं, पर अगर कुछ नहीं है तो वह 'रोटी का फुलाव' नहीं है। उनके जीवन में उत्साह की कमी है, महत्वाकांक्षा की कमी है, जिसके कारण वे अपने आदर्शों के आकाश में ऊंची उड़ान नहीं ले पाते।

फ्रेंक क्रैन का कहना है–"महान गुरु वे होते हैं, जो आपको ऐसा मार्ग-दर्शन देते हैं कि आप स्वयं अपने को पहचान सकें।"

सदा ऐसे अवसर की खोज में रहो, जो आपके स्वाभाविक गुणों को प्रकाश में लाने वाला हो। कल्पना करो एक नवयुवक की, जिसके हृदय की गहराइयों में संगीत का उत्कट प्रेम और योग्यता छिपी पड़ी है। वह नगर से दूर गांव में रहता है और दिन-भर खेत में काम करता है। न उसे कभी किसी संगीत-कार्यक्रम को सुनने का अवसर मिला है, न ही वह किसी संगीतकार के सम्पर्क में आया है। एक दिन अचानक वह नगर में जाता है। वहां वह नाटकशालाओं व सिनेमा में सुन्दर संगीत सुनने का अवसर पाता है। बस, तभी उसके भीतर उल्लास का स्रोत फूट पड़ता है। कोई सोया हुआ शक्ति-सागर उमड़ पड़ता है, जिसके प्रबल प्रवाह में पुराना ग्रामीण युवक डूब जाता है और उसमें से एक नया

युवक जन्म लेता है। इस युवक का जीवन-लक्ष्य अब संगीत है–केवल संगीत।

जो व्यक्ति अपने जीवन का पूर्ण विकास करना चाहते हैं, वे कभी प्रगति से रुकते नहीं। उनके चरण सदा प्रगति-पथ पर बढ़ते ही रहते हैं, क्योंकि उनका लक्ष्य सदा आगे–और आगे बढ़ता जाता है। वे रास्ते में रुकते हैं, तो थोड़ी देर के लिए–केवल कुछ व्यर्थ के बोझ को छोड़ने के लिए और बाधाओं को हटाने के लिए। फिर वे उसी लक्ष्य की ओर बढ़ने लगते हैं। ऐसे ही चलते-चलते वे जीवन के लक्ष्य तक पहुंच जाते हैं।

यदि आप भी अपनी सोई शक्तियों को जगाना चाहते हैं, तो आपको सदा प्रगति-पथ पर बढ़ते ही रहना होगा। सदा नये-नये ज्ञान से मस्तिष्क को विकसित करना होगा। आत्मा की शक्तियों को उन्नत करते रहना होगा–जीवन में अधिक से अधिक निःस्वार्थी और प्रेममय बनना होगा।

आत्मविकास के इस कार्य में एक महान पुस्तक से बढ़कर प्रेरणा देने वाला और कुछ नहीं है। ऐसी उत्साहवर्द्धक पुस्तक को अपने पास रखना अत्यन्त आवश्यक है, क्योंकि यदि हम लगातार प्रेरणा न लेते रहें, तो हमारे आदर्श धुंधले पड़ जाते हैं।

जैसे-जैसे मनुष्य अपने को अधिक जानता है, उसका विकास अधिक होता जाता है; जितना अधिक हम अपनी योग्यता का उपयोग करेंगे, उतना ही अधिक हमारी शक्तियां बढ़ेंगी और हम अपनी जीवन-धारा को प्रगति की ओर मोड़ सकेंगे।

मनुष्य की आदिवासी से सभ्य मानव तक की कहानी हमारी निरन्तर प्रगति की कहानी है। इस प्रगति में हमने अनेक ऐसी शक्तियों का विकास किया, जिनकी आदिवासी मानव कल्पना भी नहीं कर सकते थे। फिर भी सभ्य मनुष्य अभी तक प्रगति-पथ पर ही है, क्योंकि उसका लक्ष्य महान है, जिसकी ओर वह सदा बढ़ता रहता है।

ग्रीक देश के विशाल डैलफिर मन्दिर के द्वार पर अंकित ये अमर शब्द–'अपने को पहचानो'–उस देश के सात बुद्धिमान महापुरुषों के ज्ञान का सार है। 'अपने को पहचानो'–सफल जीवन का यही मूलमन्त्र है। अपने को जानना और अन्तर में बसे ईश्वर-रूप को पहचानना–यही मानव-जीवन का एकमात्र लक्ष्य है।

विकास का कल्पवृक्ष

विश्वास की जलधारा के सामने बाधाओं की कठिन से कठिन चट्टानें चकनाचूर हो जाती हैं।

विश्व के आंचल में अनन्त सौन्दर्य के रत्न छिपे पड़े हैं; यदि हम अपनी शक्तियों पर विश्वास रख उन्हें पाने का प्रयत्न करेंगे, तो अवश्य प्राप्त हो जाएंगे।

विश्व-युद्ध के वीर योद्धाओं के विषय में लिखते हुए एडमण्ड कैंपुर ब्रोड्स कहते हैं–"हमने जिन युवकों को बिलकुल साधारण समझा था, युद्ध में उनकी असाधारण वीरता की कहानियां सुनकर सचमुच आश्चर्य होता है। उदाहरण के लिए, एक युवक ऐसा था जो स्कूल में बड़ा ढीला-ढाला और अयोग्य विद्यार्थी था। कक्षा में अधिक दिन अनुपस्थित रहता और परीक्षाओं में बहुत कम पास होता था। उसने सेना में भर्ती होने की कोशिश की, पर डॉक्टरी जांच में रह गया। बाद में उसने बहुत प्रयत्न किए, पर सफलता नहीं मिली। कुछ दिनों बाद न जाने किस तरह भरती हो गया। यह खबर सुनकर हमने सोचा कि कुछ दिनों में बेचारा कोई अंग तुड़वाकर युद्ध से लौट आएगा। पर युद्ध के भयंकर मोर्चे पर उसने वह साहस दिखाया कि हम सुनकर चकित रह गए। हमने सुना कि उसने जलते बम को उठाकर खाई से बाहर फेंका और गोलियों की बौछार में एक साथी की भी जान बचाई। यह वही युवक था जो कुछ ही दिन पहले बिलकुल

निकम्मा और निरुत्साही समझा जाता था।"

जीवन में हमें अनेक ऐसे युवक मिलते हैं जो अचानक असाधारण सफलता प्राप्त कर आश्चर्यचकित कर देते हैं। वे युवक योग्यता में दूसरों से कम होते हुए भी आत्मविश्वास में बढ़कर होते हैं। यही कारण है कि वे सफलता के उच्च शिखर पर पहुंच जाते हैं।

यह विश्वास की ही शक्ति है जो असम्भव को सम्भव कर देती है। यही आत्मविश्वास और ईश्वर-विश्वास मनुष्य को 'ईश्वर' बना देता है। यदि मनुष्यों में ठीक सोचने की आदत होती तो संसार में सदा 'विश्वास' का राज्य होता, क्योंकि ईश्वर ने भी मनुष्यों को भय या निराशा का अभिशाप न देकर प्रेम, शक्ति और स्वास्थ्य का वरदान दिया है। परन्तु दुर्भाग्य तो यह है कि हम अपने व्यक्तित्व को अपनी शक्ति से नहीं, बल्कि कमज़ोरी से मापते हैं। हम अपना मूल्य अपनी विजय से नहीं, पराजय से आंकते हैं। अपने विजय-स्वप्नों को कोरा स्वप्न ही मान लेते हैं, वास्तविक जीवन का अंग नहीं।

बहुत लोग यह समझते हैं कि किसी भी सफलता के लिए आत्मविश्वास का होना अत्यन्त आवश्यक है। संसार में अगर कोई प्रबल प्रेरणा-शक्ति है, तो वह आत्मविश्वास की ही है जो महान कार्य करवा सकती है। किसी ने ठीक ही कहा है कि मनुष्य नहीं चला करते, अपितु विश्वास चला करते हैं।

मनुष्य की अपनी शक्तियां तो बस साधन का ही काम करती हैं। सच्ची शक्ति तो विश्वास से ही आती है जिसके बल पर मनुष्य असम्भव को भी सम्भव कर देता है। कई बार तो ऐसा भी होता है कि शक्तियां होते हुए भी उन पर विश्वास की कमी के कारण हम उनका कोई लाभ नहीं उठा पाते।

रणभूमि में जूझ रहे एक वीर के शब्द जीवन-युद्ध में लड़ने वाले मनुष्य के लिए कितने महत्वपूर्ण हैं–"युद्ध में बन्दूक नहीं बल्कि उसको पकड़ने वाला सिपाही लड़ता है–वह सिपाही भी नहीं अपितु उसका हृदय लड़ता है–वह हृदय भी नहीं बल्कि उसमें भरा हुआ प्रबल आत्मविश्वास ही लड़ता है।"

एक बार युद्ध के दिनों में, जबकि राज्य ने, प्रत्येक व्यक्ति को बन्दूकें

दे दी थीं, तो एक व्यक्ति बन्दूक हाथ में लिए घर की छत पर बैठा था। अचानक नीचे से एक शत्रु सैनिक ने ललकारकर कहा–"बन्दूक नीचे फेंक दो, वरना मैं तुम्हें अपनी लाठी से चकनाचूर कर दूंगा।" बन्दूकधारी व्यक्ति ने सहमकर नीचे खड़े व्यक्ति और उसकी लाठी को देखा। बन्दूक तो उसके हाथ में थी लेकिन उसको चलाने का विश्वास नहीं था। परिणाम यह हुआ कि बन्दूक विश्वासहीन हाथों से छूटकर नीचे आ गिरी। नीचे खड़ा युवक ठठाकर हंस पड़ा और उस बन्दूक का पहला शिकार बन्दूक के मालिक को ही बनाया।

जब 'गठ' का पराक्रमी वीर गीलिथ इज़रायली लोगों के कैम्प में आकर अपने युद्ध करने की चुनौती देने लगा तो इज़रायल के लोग उसकी चुनौती सुन इतने भयभीत हो गए कि कोई भी उससे लड़ने आगे नहीं बढ़ा। जब उसने फिर ललकारा तो डेविड नाम का एक साधारण युवक युद्ध करने को तैयार हो गया। बड़े-बूढ़ों से आज्ञा लेकर जब वह आगे बढ़ा तो उन्होंने उसे अनेक शस्त्र दिए। किन्तु डेविड ने यह कहते हुए वे शस्त्र लौटा दिए–"मुझे इन शस्त्रों को चलाने का अभ्यास नहीं। ये मेरे लिए व्यर्थ हैं। मैं अपने ही शस्त्रों से लड़ूंगा।" वह युवक केवल रास्ते के कुछ पत्थरों और एक कमान के साथ उस योद्धा से लड़ने चला।

जब फिलिस्तीन के उस दैत्य वीर ने, जो स्वयं भारी अस्त्र-शस्त्रों से सुसज्जित था, उस निहत्थे युवक को आते देखा, तो ज़ोर से गरज उठा–"मेरे सामने तो आओ ताकि मैं तुम्हारी बोटी-बोटी आकाश के पक्षियों को खिला दूं।"

उस युवक ने साहस से उत्तर दिया–"तुम मेरे सामने ढाल और तलवार लेकर आए हो। पर मैं अपने साथ एक अजेय शस्त्र लाया हूं और वह है–विजेताओं के विजेता इज़राइल-ईश्वर का विश्वास, जिसके बल पर आज मैं तुम्हें पछाड़ दूंगा।"

डेविड ने अपने शत्रु की तरह बाह्य अस्त्र-शस्त्रों पर भरोसा नहीं किया, बल्कि ईश्वर की शक्ति पर विश्वास रखा और उसी के बल पर वह उस भीमकाय योद्धा को मात दे सका। विश्वास के कवच से अजेय उस युवक के कमाल का एक ही पत्थर उस दैत्य के माथे पर गड़कर उसे सदा की नींद सुला गया।

विश्वास ही विजय की कुंजी है। विश्वास नहीं तो विजय भी नहीं। विश्वास होगा तो विजय आकर पांव चूमेगी। किसी भी विजेता को देखो, उसकी विजय का रहस्य उसके अटूट विश्वास में था। विश्वास ही विश्व का अद्‌भुत चमत्कार रहा है। मनुष्य की सफलता का भवन इसी की नींव पर खड़ा रहता है। हमारी असफलता और निराशा का एकमात्र कारण हममें आत्मविश्वास की कमी है। हम नहीं जानते कि अपने पर विश्वास रखकर हम अजेय शक्ति पा लेते हैं जिससे संसार में कुछ भी असम्भव नहीं रहता। भारत के इतिहास में पानीपत की तीसरी लड़ाई अपनी भयंकरता के लिए प्रसिद्ध है। इसका भी एक रहस्य था। कुन्दनपुर नाम के एक छोटे-से राज्य का राजा अपने शत्रु नवाब से युद्ध में हार गया। खून से लथपथ मरणासन्न अवस्था में वह रणभूमि में पड़ा था। तभी विजय के मद में चूर नवाब हाथी पर सवार हो वहां आया। "क्यों परेल, और भी लड़ोगे?" –कहते हुए अभिमानी नवाब ने मूर्च्छित परेल के माथे पर ज़ोर से पांव की ठोकर लगाई। परेल के मरणासन्न शरीर पर अचानक स्वाभिमान की ज्वाला जाग उठी। आंखें खोल अंगारे बरसाते हुए उसने उत्तर दिया–"हां नवाब, जिएंगे तो और भी लड़ेंगे।" यह कहकर उसने सदा के लिए आंखें बन्द कर लीं।

परेल के इस वाक्य ने सारे महाराष्ट्र में आग का काम किया। इन शब्दों के पीछे छिपे उसके आत्मविश्वास ने लाखों-करोड़ों के आत्मविश्वास को जगा दिया। नवाब की ठोकर ने मानो एक नहीं अनेक सिंहों को ललकारा था और यह ललकार इतनी भयंकर सिद्ध हुई कि महाराष्ट्र के घर-घर से युवक प्राणों की होली खेलने दौड़ पड़े। पानीपत की तीसरी लड़ाई इसी आत्मविश्वास का श्रेष्ठ प्रमाण है। कहते हैं कि इस युद्ध की आग इतनी प्रज्वलित हुई कि कोई घर ऐसा न बचा था कि जिसने इस यज्ञ में अपनी आहुति न दी हो। वहां के लोकगीतों में आज भी सुनाई देता है–"घर-घर में चूड़ी टूटी थी।"

आत्मविश्वास से मनुष्य क्या नहीं कर सकता–यह उदाहरण इसका प्रमाण है। आत्मविश्वास को जगाकर हम अपनी शक्ति मानो दुगुनी कर लेते हैं। कई सोई शक्तियां जाग उठती हैं। इतना ही नहीं, आत्मविश्वास से कहे हुए शब्द हज़ारों लोगों के हृदय में वह विश्वास फूंक सकते हैं कि वे भयंकर

से भयंकर आपत्ति के सामने भी वज्र की भांति दृढ़ होकर खड़े रहें।

यदि आप सर्वशक्तिमान ईश्वर में विश्वास नहीं रखते तो आप कभी भी वह नहीं बन सकोगे जो बनना चाहते हो। तब आपकी सब प्रार्थनाएं शून्य में गूंजकर लौट जाएंगी। आपका परिश्रम व्यर्थ होगा और आपके जीवन का यह अविश्वास ही आपका घातक शत्रु बन जाएगा।

अविश्वास से भरा और सन्देह से डांवाडोल हृदय जीवन की उच्च मंज़िल पर नहीं पहुंच सकता, जैसे धरती पर फेंका पत्थर आकाश तक नहीं पहुंचता, क्योंकि पत्थर ने पृथ्वी के आकर्षण-नियम का उल्लंघन किया है। इसी प्रकार जीवन का यह अमूल्य सिद्धान्त है कि आप सफलता पर सन्देह रख सफलता नहीं पा सकते, क्योंकि सफलता के पाने के लिए सफलता पर विश्वास आवश्यक है। आत्मविश्वास के बिना ईश्वर भी आपकी सहायता नहीं कर सकता।

आत्मविश्वासी और आत्मविश्वास से हीन व्यक्ति में आकाश-पाताल का अन्तर है। एक का जीवन सदैव विजय की ओर बढ़ता है और दूसरे का पराजय की ओर। दृढ़ आत्मविश्वासी व्यक्ति ही जीवन में महान कार्य कर दिखाते हैं। किन्तु जो व्यक्ति अपनी शक्तियों पर विश्वास नहीं रखते-और इसीलिए वे शक्ति पा भी नहीं सकते–वे संसार में आज तक न कुछ कर सके हैं, न कभी कर सकेंगे।

मेरे सामने एक युवती का पत्र पड़ा है। वह लिखती है–“मैंने सदा जीवन में गलतियां ही की हैं। मुझे हर काम में असफलता ही मिलती रही। मुझे कभी भी अपने पर विश्वास नहीं होता और लगता है कि कभी भविष्य में होगा भी नहीं।”

इस युवती की असफलता का कारण बिल्कुल स्पष्ट है। उसका अपना सन्देहशील मन ही इसका मूल कारण है। कोई भी इस प्रकार निराश और सन्देहशील रहकर सफलता की आशा नहीं कर सकता क्योंकि सफलता पहले मन में प्राप्त होती है। सफलता का बीज पहले अपने मन में बोया जाता है। जब अपना मन ही सफलता से निराश हो जाता है, तो दुनिया की कोई शक्ति उसे सफलता नहीं दिला सकती।

अनेक व्यक्ति आत्मविश्वास की कमी के कारण ही अपना जीवन बरबाद कर लेते हैं। संसार में केवल दो प्रतिशत लोग ही ऐसे होंगे जो सच ही

अपनी महानता व योग्यता पर विश्वास रखते हों। इतिहास साक्षी है कि नेपोलियन या वैब्स्टर की योग्यता कुछ भी न कर सकती, यदि उन्हें अपनी योग्यता पर अटल विश्वास न होता।

हमें अपनी विजय पर अखण्ड विश्वास होना चाहिए और अपनी शक्तियों पर अटल भरोसा। जेन एडम्स ने जब कॉलेज छोड़ा तो उसके निर्बल शरीर को देख डॉक्टरों ने कहा कि यह छः महीने से अधिक जीवित नहीं रह सकेगी। उसका उत्तर था–"बहुत अच्छा! इन छ: महीनों में ही मैं उस कार्य को पूरा कर लूंगी, जो मुझे अवश्य करना है।"

क्या कोई कह सकता है कि जेन का अनेक वर्षों तक जीवित रहना और मनुष्यता के कल्याण के लिए 'हल हाउस' का निर्माण कर सकना–उसके दृढ़ आत्मविश्वास और ईश्वर-विश्वास के कारण नहीं था!

इस सम्बन्ध में मुझे एक ऐसे व्यक्ति का स्मरण आता है जो बिल्कुल पतला-दुबला था। किन्तु जब उसे एक मनोवैज्ञानिक द्वारा मंत्रमुग्ध किया गया और उसे दो कुर्सियों में से एक पर सिर और दूसरी पर पांव रखकर लिटा दिया गया तो वही व्यक्ति सात-आठ व्यक्तियों को अपने ऊपर बिठा सका था। इसी तरह बाद में उसने एक घोड़े को भी अपने ऊपर बिठा लिया। अब सोचिए, यह असाधारण बल उसमें कहां से आया? यह तभी सम्भव हो सका, जब मनोवैज्ञानिक ने उस व्यक्ति को विश्वास दिला दिया कि वह आठ व्यक्तियों और घोड़े का भार उठा सकता है। इसके बाद जिस क्षण उसे यह कह दिया कि उसमें वह उठा सकने की शक्ति नहीं, बस उसका विश्वास छूट गया और उसी क्षण वह ज़मीन पर लुढ़क पड़ा। तब मनोवैज्ञानिक के कहे अनुसार उससे एक व्यक्ति का बोझा उठाना भी असम्भव जान पड़ा। सच तो यह था कि उस अवस्था में अपना शरीर भी उससे उठाया नहीं जा रहा था। चूंकि आत्मविश्वास का सम्बल जो गिर चुका था।

हम आत्मविश्वास के बिना कभी भी आगे नहीं बढ़ सकते। हमारी सफलता हमारे विश्वास से आगे नहीं बढ़ सकती। हम अपने संकुचित विचारों की सीमा में ही बंधे रहते हैं और जब तक उसको पार कर विश्वास के राज्य में पांव नहीं रखते, तब तक अपनी विजय का स्वप्न सच्चा नहीं कर सकते।

एक मनोवैज्ञानिक शेक्सपियर या वैब्स्टर को यह विश्वास दिला सकने में शायद सफल हो जाता कि वे मूर्ख से अधिक कुछ नहीं हैं। मनोवैज्ञानिक के दिए सुझाव को मानने की शक्ति मनुष्य में कहां से आती है? क्या मनोवैज्ञानिक उसे वह शक्ति देता है? नहीं, ऐसा नहीं है। वास्तव में मनुष्य की अपनी ही शक्ति होती है जिसे बाहर लाने का कार्य अवश्य मनोवैज्ञानिक करता है। इसी प्रकार किसी पहलवान की मांसपेशियों को असाधारण शक्ति केवल शरीर से नहीं अपितु मन से अधिक आती है। ये मांसपेशियां अगर उस व्यक्ति के मन से अलग कर दी जाएं अर्थात् किसी और के शरीर में भी लगा दी जाएं, तो वे मांसपेशियां पहले से दसवां हिस्सा भार भी नहीं उठा सकेंगी।

जैसे-जैसे हमारा आत्मविश्वास बढ़ता है, वैसे ही कार्यशक्ति भी बढ़ती जाती है। इसलिए यदि हमारे विश्वास का पात्र छोटा है तो उसमें ईश्वरी शक्ति का प्रवाह भी उतना ही कम आ सकेगा।

अब्राहम लिंकन एक अत्यन्त नम्र एवं निरभिमान व्यक्ति था। किन्तु जब देश पर गृहयुद्ध के बादल मंडराने लगे और राष्ट्रपति का चुनाव भी आ पहुंचा, तो सहसा लिंकन को प्रेरणा हुई कि क्यों न वह उस समय देश का कर्णधार बन जाए और राज्य की बागडोर सम्भाल ले। अतः राष्ट्रपति-पद के लिए उसने अपना नाम दे दिया। उसने राजनीतिज्ञों को बताया कि उसकी अन्तरात्मा कहती है कि वह संकटकाल में देश का नेतृत्व कर सकेगा और इस पद के लिए चुना भी अवश्य जाएगा। किसी अभिमानी व्यक्ति के मुख से यह शब्द आत्मप्रंशसा ही लगते पर लिकन का हृदय साफ था और उसे अपनी योग्यता पर दृढ़ विश्वास था। इसी कारण वह अमेरिका का गौरवान्वित राष्ट्रपति बन गया।

इतिहास के पृष्ठों पर वे व्यक्ति अमर हो गए, जिन्हें अपने जीवन की महानता पर अटल विश्वास था। वे समझते थे कि उनका आज का स्वप्न कल को सत्य होने वाला है। अपने लक्ष्य पर इसी दृढ़ विश्वास के कारण आगे बढ़ते रहने से वे व्यक्ति इतिहास में अपना नाम छोड़ गए। इन महान पुरुषों का आत्मविश्वास हमें उनकी अद्भुत शक्ति का विश्वास दिला देता है। सच कहा है–संसार उनके लिए रास्ता छोड़ देता है जो यह मानते हैं कि उन्हें कहां जाना है।

जॉन ऑफ आर्क का फ्रांसीसी सेना का सेनापति बनना उसके इस प्रबल आत्मविश्वास के कारण सम्भव हुआ कि उसे ईश्वर ने अपने देश की स्वतन्त्रता के लिए भेजा है। इस दृढ़ आत्मविश्वास के बिना उसके शब्दों का मूल्य एक सामान्य सिपाही के शब्दों से अधिक न होता। सच ही इस ईश्वरीय प्रेरणा पर विश्वास के बिना वह कभी चार्ल्स डाफिन्स के पास नहीं पहुंच सकती थी और न ही उससे फ्रांसीसी फौज के नेतृत्व का अधिकार मांग सकती थी। उसने चार्ल्स को यह विश्वास दिलाया कि इस समय केवल वही फ्रांस की सेना को सम्भालकर देश की रक्षा कर सकती है, क्योंकि उसे अटल विश्वास था कि उसके नेतृत्व में फ्रांसीसी फौज अवश्य जीत जाएगी।

जॉन का यह प्रबल आत्मविश्वास तब से पनप चुका था, जब वह नन्हीं बालिका थी और पिता की भेड़ें चराया करती थी। कोई आश्चर्य नहीं अगर इस समय उसके इन शब्दों को–'मैं फ्रांस को स्वतन्त्र कराऊंगी'–सुनकर उसका पिता उसे मार देने की धमकी न देता। जब वह बड़ी होकर फ्रांसीसी फौज में पहुंच गई, तब उसके चट्टान जैसे विश्वास पर फौजियों के अश्लील शब्दों का कोई प्रभाव न पड़ता। क्या इससे अधिक विलक्षण बात भी कोई हो सकती है कि गांव की साधारण लड़की–जिसने कभी घर की देहरी पार नहीं की थी और सैनिक शिक्षा या युद्ध का तो नाम भी न जानती थी–एक हारी हुई फौज को विजयी बना दे! जॉन की इस असाधारण विजय के रास्ते में अड़चनें भी क्या कम आई थीं! असंख्य प्रताणनाएं, कटु आलोचनाएं, गालियां और तीव्र उपेक्षा–किन्तु फिर भी वह अविचलित रही, अपने विश्वास पर अडिग रही और अन्त में विजय उसके पांव चूमने को आगे बढ़ी। इस अटल विश्वास से ही वह ग्राम्य बाला विश्व के इतिहास में एक अद्वितीय चमत्कार कर गई। कोई भी पुरुष–नेपोलियन जैसा साहसी होते हुए भी सैनिक शिक्षा के बिना यह कार्य नहीं कर सकता था जो इस अशिक्षित ग्रामीण युवती के हाथों हुआ।

कल्पना करो उस अटल विश्वास की जिसके सहारे 'पियरे' ने उत्तरी ध्रुव की खोज शुरू की थी। अनेक बार उसे जीवन की बाज़ी भी लगानी पड़ी। उसका जहाज़ टूट गया और साथियों ने भी साथ छोड़ दिया, किन्तु क्या उसका निश्चय ढीला पड़ा? नहीं, क्योंकि उसका विश्वास अडिग था।

उत्तरी ध्रुव तो उसके हृदय-पटल पर खुदा हुआ था। उसे उत्तरी ध्रुव खोजना था और अवश्य खोजना था। विश्व की कोई शक्ति उसके लक्ष्य को आंखों से ओझल नहीं कर सकती थी। 'उत्तरी ध्रुव की ओर'–यही था उसके जीवन का मूलमंत्र। यही लगन उसे दिन-रात बेचैन रखती थी, जब तक कि उसने एक दिन उत्तरी ध्रुव को खोज ही न लिया।

विश्वास ही वह अपूर्व शक्ति है जो पर्वतों को भी हिला सकती है। कितने असम्भव कार्य उन व्यक्तियों ने कर दिखाए जिनका आत्मविश्वास जाग गया था।

संसार में कितने ही ऐसे व्यक्ति हैं जो साधारण जीवन बिताते हुए छोटे-छोटे स्थानों पर ही लगे हुए हैं। उनमें से कितने ही अपने उच्च अफसरों, मैनेजरों, सुपरिंटेण्डेण्टों से अधिक योग्यता रखते होंगे। पर अपनी योग्यता से वह अनजान हैं। अपनी शक्तियों पर उन्हें विश्वास नहीं। इसलिए वे आगे नहीं बढ़ सकते। कुछ ही दिनों की बात है कि मेरे एक मित्र को अचानक ही किसी उच्च पद पर थोड़े समय काम करने को जाना पड़ा। जाते ही उसने वह काम सम्भाल लिया और इतनी अच्छी तरह उसे निभाया कि उसके मालिक ने खुश होकर उसे वह स्थान सदा के लिए दे दिया।

आपके विश्वास के अनुसार ही आपका जीवन होगा। जीवन को सफल बनाने में महत्वपूर्ण बात यह है कि व्यक्ति जीवन को आशा और उल्लास से देखे और अपनी शक्तियों पर विश्वास रखकर सफलता की ओर बढ़ता रहे।

'अगर मैं असफल हो गया तो!'–बस इसी सन्देह और अविश्वास ने अनेक व्यक्तियों के जीवन से खिलवाड़ किया है, किन्तु यदि हम आशापूर्ण ढंग से सोचना शुरू कर दें–सन्देह और आशंका को हृदय से निकाल दें, तो सचमुच जीवन ही बदल जाए। हम तभी असफल होते हैं जब हम अपनी योग्यता पर सन्देह कर आत्मविश्वास छोड़ देते हैं।

विश्वास ही हमें सच्चे अर्थों में जीवन जीना सिखाता है। विश्वास उस शक्ति-स्रोत के द्वार खोल देता है जहां से जीवन का प्रवाह बहता है। किसी व्यक्ति के विश्वास द्वारा ही हम उसके जीवन की सफलता आंक सकते हैं। वास्तव में मनुष्य का वास्तविक रूप वह है जो वह आशा के क्षणों में देखता

है न कि वह जो निराशा के अन्धकार से घिरा होता है।

बैंजामिन डिज़राइली अनेक कठिनाइयों को पार कर इंग्लैण्ड के प्रधानमंत्री पद पर जा पहुंचा था। उसके ये शब्द कितने महत्वपूर्ण हैं–'मनुष्य-जीवन का सबसे महान आश्चर्य है–उसका व्यर्थ की चिन्ता करना और उस चिन्ता को जीवन में प्रमुखता देना।'

हमारे देश का झण्डा अमेरिकन जनता से कहता है–"मैं वही हूं जो आपने मुझे बनाया है। मैं उतना ही महान हूं, जितना महान आप मुझे समझते हैं। मैं आपकी महत्त्वाकांक्षाओं से आगे नहीं बढ़ सकता। मैं आपके विचारों का प्रतिबिम्ब हूं। यदि आप मनुष्य की स्वतन्त्रता, जनतन्त्र आदि को अधिक गौरव प्रदान करेंगे, तो मैं भी उन्हीं विचारों को प्रकट करूंगा। मैं वही हूं जो आप मुझे समझते हैं।"

हमारे विषय में भी यही बात सत्य है। हम अपने मन को अपनी शक्तियों व योग्यताओं को जैसा विश्वास दिलाते हैं, वैसी ही सफलता हमें मिलती है। लोग आपके बारे में जो सोचते हैं, उसी के अनुसार वे अपने जीवन में कार्य कर सकते हैं। संसार व्यक्ति का मूल्यांकन उसके आत्मविश्वास व दृढ़ जीवन-लक्ष्य से ही करता है और जिस व्यक्ति में आत्मविश्वास नहीं है, उस पर किसी का भी विश्वास नहीं होता।

विश्वास मानसिक राज्य का नेपोलियन है। मन की अन्य शक्तियां मानो नेपोलियन की फौज के सैनिक हैं–जिनकी शक्ति अपने नेता (नेपोलियन) की प्रेरणा से बढ़ती है। वे सैनिक नेता के विश्वास के पीछे चलेंगे; उसके लिए कटेंगे, मरेंगे। किन्तु जिस क्षण वह नेता डगमगाएगा, इनकी शक्ति भी खत्म हो जाएगी। तब आगे बढ़ने की सम्भावना नहीं, पीछे हटने की तैयारी होगी।

विश्वास ही हमारा सम्बन्ध ईश्वरीय शक्ति-स्रोत से जोड़ देता है जिससे हमारे लिए सफलता के द्वार खुल जाते हैं। विश्वास सोचता नहीं, न ही अनुमान लगाता है–विश्वास तो बस जानता है। यही वह पथ-प्रदर्शक है जिसके प्रकाश में हम विजय-पथ पर बढ़ते हुए कभी भटक नहीं सकते।

संसार में किसी भी धर्म की इतनी कठोर आलोचना नहीं हुई जितनी ईसाई धर्म की। किसी भी धर्म-ग्रन्थ को मिटाने का इतना प्रयत्न नहीं हुआ जितना बाइबल को। फिर भी बाइबल की तरह सर्वप्रिय पुस्तक कोई भी

नहीं। आज भी बाइबल जितनी बिक्री किसी अन्य पुस्तक की नहीं है।

यह विश्वास की अदम्य शक्ति है जिसने ईसाई धर्म को अमृत पिलाकर अमर बना दिया। यह विश्वास की ही संजीवनी शक्ति थी, जिसने ईसाई धर्म को इस भूमि पर जड़ जमाने और फलने-फूलने दिया, जबकि समस्त रोमन राज्य की शक्ति इसे मिटाने पर तुली हुई थी। ज़रा कल्पना करो, कहां महान शक्तिशाली रोमन राज्य और कहां बेचारा ईसाई धर्म! फिर भी वह शक्तिशाली राज्य तो मिट गया और ईसाई धर्म का प्रकाश आज भी संसार के कोने-कोने में फैला हुआ है।

कल्पना करो उन निहत्थे ईसाइयों की जो अकेले रोमन राज्य की शक्ति से टक्कर लेने को खड़े थे। उन्हें अनगिनत कष्टों में डाला गया, फांसी दी गई, भयानक जंगलों में हिंसक पशुओं के आगे फेंका गया, तारकोल में डुबोकर उन्हें नीरो महल के सामने मशालों की तरह जलाया गया–सब यातनाएं उन्होंने सह लीं, पर उफ तक न की। आखिर किस शक्ति के बल पर वे सब कुछ सह सके? निस्सन्देह, प्रबल आत्मविश्वास से ही–जिसे संसार की कोई शक्ति भी जीत नहीं सकती।

आत्मविश्वास की असाधारण सफलताओं को कौन गिन सकता है? विश्वास के ही बल पर संसार के महान आविष्कार और खोजें हुई हैं। वैज्ञानिकों और आविष्कारकों को अपने कार्य में जो कठिनाइयां झेलनी पड़ीं, वे सब कठिनाइयां साधारण मनुष्यों की कल्पना से भी बाहर हैं। उन व्यक्तियों में वह असाधारण सहनशक्ति अपने विश्वास के स्त्रोत से ही आई थी जिसकी प्रेरणा लेते हुए वे अपने लक्ष्य तक पहुंच सके।

जितना प्रबल आत्मविश्वास मन में होगा, महत्त्वाकांक्षाओं को पूरा करने का दृढ़ निश्चय होगा, उतनी ही सफलता आप पा सकेंगे। इसी विश्वास की प्रबल शक्ति से पग-पग पर बढ़ती मानव-सभ्यता बर्बर युग से आज के सभ्य युग में पहुंच गई। मनुष्य विश्वास की सीढ़ी से ही सभ्यता के शिखर पर पहुंचा है, किन्तु विश्वास की पुकार पर चल पड़ने वाले व्यक्ति संसार में बिरले ही पाए जाते हैं। प्रत्येक मनुष्य के व्यक्तित्व में किसी विशेष कार्य या आविष्कार के बीज छिपे रहते हैं। सच तो यह है कि यदि आत्मविश्वास रखकर और ईश्वर के सन्देश को मानकर चलें तो संसार का प्रत्येक व्यक्ति संसार की उन्नति में कुछ न कुछ सहायता अवश्य कर सकता है।

आत्मविश्वास और उत्साह का अभाव ही अधिकांश लोगों की दुर्बलता का कारण है। संसार में सबसे कठिन कार्य है–मनुष्य में अपनी छिपी महानता और सम्भव सफलता का विश्वास जगाना; यह विश्वास भरना कि सचमुच हम भी कोई महान कार्य करने को आए हैं और सफलता हमारी भी प्रतीक्षा कर रही है। जब मनुष्य अपनी छिपी शक्तियों से परिचित हो जाता है, तब वह उन पर सन्देह नहीं करता। विश्वास हृदय में दृढ़ हो जाता है और फिर वह तभी चैन लेता है जब वह अपनी सारी सोई महानता को जगा लेता है।

सम्पूर्ण बाइबल में विश्वास की ही अधिक महत्ता पाई जाती है। विश्वास की ही शक्ति से अब्राहम लिंकन अपने महान कार्य में सफल हुआ। विश्वास के बल पर ही 'मौसिन' लोगों को इज़राइल के बयाबानों से ईश्वर की ओर ले गया। पुरानी बाइबल में भी सभी पैगम्बर विश्वास की शक्ति पर बल देते रहे।

कितनी बार ईसा ने दुहराया है–"अपने विश्वास के अनुसार ही तुम बन जाओगे।" 'विश्वास' और 'श्रद्धा' इन दो शब्दों की महत्ता सर्वोच्च बताई है। ये दो शब्द जादू की तरह हृदय पर प्रभाव कर मनुष्य को विश्वास दिलाते थे कि केवल एक ही शर्त पर वे कार्य कर सकते हैं और वह है विश्वास। "बार-बार मैं तुम्हें कहता हूं कि जो मुझ पर विश्वास रखता है, वह केवल मेरे जैसे कार्य ही नहीं, मुझसे भी अधिक महान कार्य कर सकेगा, क्योंकि मैं भी अपने परमपिता पर अटल विश्वास रखता हूं।"–यह उपदेश प्रभु ईसा मसीह दिया करते थे।

विश्वास ही मनुष्य के जीवन में वह उज्ज्वल ज्योति है जो उसके ईश्वरत्व का प्रमाण है। इसी का अभाव जीवन की सभी आपत्तियों, दुःखों और अधिकांश असफलताओं का कारण बनता है।

आप अपने आत्मविश्वास की कमी को प्रतिदिन आत्म-सुझावों द्वारा दूर कर सकते हैं। आत्म-निरीक्षण करते समय सदा अपने-आप से दृढ़ शब्दों में दिल की बात कहो–मानो तुम अपने किसी अन्तरंग सखा के सामने खड़े उसे दिल की बात कह रहे हो। अपने-आप से कहो–

"तुम ईश्वर की सन्तान हो और उसे तुम्हारा दुर्बल जीवन कभी भी स्वीकार नहीं। ईश्वर ने तुम्हें सफलता के लिए उत्पन्न किया है, असफलता

के लिए नहीं। उसने किसी को भी असफलता नहीं दी। तुम अपने जीवन की महत्वाकांक्षा को सन्देह से नष्ट करके जीवन के महान लक्ष्य को झूठा सिद्ध कर रहे हो। इतने निराश और उदास चेहरे से मित्रों के सामने जाते हुए तुम्हें लज्जा आनी चाहिए। तुम क्यों ऐसा सोचते हो कि तुम संसार में रहने योग्य नहीं। तुम जो करना चाहते हो, वह तो ईश्वर से ही निश्चित था। क्यों नहीं उसे करके दिखाते? ईश्वर की मूर्ति तुम्हारे हृदय में है। उस ईश्वरीय शक्ति को प्रकट क्यों नहीं करते?"

इस प्रकार आत्मविश्वास के साथ अपनी महानता स्थापित करने से बड़ी प्रेरणा और शक्ति मिलती है। 'मैं हूं'–यह कहने में कोई अहंभाव नहीं है, क्योंकि ऐसा कहते हुए आप इस शरीर की महत्ता नहीं बताते बल्कि अपने अस्तित्व को परमपिता से जोड़ते हो। किन्तु याद रखो, उस विश्वास से कोई लाभ नहीं जो कभी भी डांवाडोल हो जाता है। आज की सफलता से आप प्रसन्नता में झूम उठते हैं, परन्तु किसी दूसरे दिन की असफलता से निराशा में डूब जाते हैं। इस प्रकार का डांवाडोल विश्वास आपको सफलता की ओर नहीं ले जा सकता।

भय या सन्देह के निराशापूर्ण विचार जीवन में ज़हर का काम करते हैं। वे जीवन की सजीवता, शक्ति, उत्साह–सब कुछ ही नष्ट कर देते हैं। इसलिए सदा उन्हीं विचारों को मन में स्थान दो जो आपकी महत्वाकांक्षा और विश्वास के मित्र हों, शत्रु नहीं; ताकि उनके सहयोग से आप अपने सपनों को साकार कर सकें।

जब मनुष्य उस ईश्वरीय शक्ति से अपना सम्बन्ध पहचान लेता है, तो वह शक्तिशाली, आत्मनिर्भर और विजेता ही बनकर रहता है, तब विश्व की सभी शक्तियां उसके पथ में सहायता देने आ जाती हैं।

यह विश्वास, कि हम ईश्वर-सन्तान हैं और शक्तिशाली विश्व के महत्वपूर्ण अंग हैं। हमारे जीवन की दिशा बदल देगा।

विश्वास : एक अचूक इलाज

मैं तुम्हारा रोग दूर करने वाला तुम्हारा ईश्वर हूं। मैं तो रोग की दवाई करता हूं, पर ईश्वर उसे अच्छा करता है। आपके रोग का इलाज न तो ऐलोपैथ करता है और न होम्योपैथ। आपका सच्चा डॉक्टर तो आपके हृदय का विश्वास है।

दवाखानों में रखी शक्तिवर्धक दवाइयां उस शक्ति के सामने तुच्छ हैं, जो आशा और विश्वास के रूप में मनुष्य के अन्दर मौजूद हैं। विश्वास की शक्ति से हम जीवन का सम्बन्ध उस शक्ति-स्रोत से जोड़ लेते हैं जो रोग को दूर कर हमें एक नया जीवन और नई शक्ति दे देता है।

स्वास्थ्य तो स्वास्थ्य सोचने से आता है, जैसे बीमारी सोचने से बीमारी। जिस प्रकार सफलता पाने के लिए सफलता की आशा करना, उसके बारे में ही हर समय सोचना आवश्यक है, उसी प्रकार स्वास्थ्य प्राप्त करने के लिए भी सदा स्वास्थ्य की ही आशा करना, स्वस्थ विचारों को ही मन में स्थान देना अनिवार्य है। जब तक मन में बीमारी का ध्यान रहेगा और स्वास्थ्य-विरोधी आशंकाएं तथा बीमारी की सम्भावनाएं बनी रहेंगी, तब तक आप कभी भी स्वस्थ नहीं रह सकते। आखिर शरीर क्या है? मन का ही बाहरी रूप।

स्वास्थ्य की नींव शरीर की स्वस्थ कल्पना है। शरीर के रोगों का वास्तव में कोई अस्तित्व नहीं। स्वास्थ्य ही मनुष्य की स्वाभाविक अवस्था है। रोग या कष्ट क्षणिक और अस्वाभाविक है।

रोगी का इलाज करते समय डॉक्टर को केवल शरीर पर ही ध्यान नहीं देना होता, बल्कि उसके मन में पूर्ण स्वास्थ्य का विश्वास भी बिठाना होता है। रोगी के मन में अपने ठीक होने का विश्वास जितना प्रबल होगा, उतनी ही जल्दी वह स्वस्थ हो जाएगा।

अनेक डॉक्टर यह जानते हैं कि कई बार नीम हकीम भी उन रोगियों का इलाज कर देते हैं, जिन्हें डॉक्टर भी ठीक न कर पाए थे। नीम हकीम की सफलता के पीछे विश्वास का ही चमत्कार छिपा हुआ है, जिसे वे डॉक्टर समझ नहीं सकते। चाहे कोई नीम-हकीम हो या डॉक्टर–इस नियम पर चलकर ही रोगी का इलाज कर सकता है; क्योंकि रोगी के मन पर डॉक्टर के दिए विश्वास का अमिट प्रभाव पड़ता है।

एक प्रसिद्ध सर्जन ने मुझे बताया कि उसने ऐसे कई रोगियों पर नकली ऑपरेशन के सफल प्रयोग किए थे, जो किसी विशेष रोग के भय से ग्रसित थे। ऐसे ऑपरेशनों में सर्जन ऑपरेशन का पूरा नाटक करता है। वह रोगी को ऑपरेशन-मेज़ पर लिटाकर बेहोशी की दवा देता है। फिर शरीर के उसी अंग पर कुछ खरोंच भी लगा देता है, मानो ऑपरेशन का निशान हो। तब पट्टी बांधकर रोगी को निश्चित समय तक लिटाए रखता है और इसके बाद रोगी सचमुच ही ठीक हो जाता है।

उस सर्जन का कहना है कि ऐसे सभी रोगी, जिनके उसने नकली ऑपरेशन किए, उस झूठे रोग से मुक्त हो गए। यहां तक कि जिन रोगियों को उस बीमारी के होने का पूरा विश्वास हो गया था, वे भी इन नकली ऑपरेशनों से बिलकुल ठीक हो गए। उस सर्जन ने कभी ऐसे ऑपरेशन का भेद मरीज़ से नहीं खोला, क्योंकि उसका विश्वास था कि किसी भी ढंग से रोगी को आराम आना चाहिए।

एक और सर्जन ने बताया कि उसने ऐसे नकली ऑपरेशन उन स्त्रियों पर सफलतापूर्वक किए हैं जो हिस्टीरिया के दौर में अपने को किसी भयानक रोग से पीड़ित समझती थीं। वे बिलकुल विश्वास न करती थीं कि उन्हें वह रोग नहीं है। उन पर ऐसे नकली ऑपरेशन अत्यन्त सफल हुए हैं।

उस सर्जन के पास एक ऐसी स्त्री आई जो कहती थी कि उसे अन्दर एक गिल्टी हो गई है। चार बार उसका ऑपरेशन हुआ और उसकी वह

गिल्टी हटा दी गई। एक दिन बिजली का धक्का लगने से उसे फिर यह वहम हो गया कि उसे दुबारा गिल्टी हो गई है और अब ऑपरेशन के बिना उसके प्राण नहीं बच सकते। जब उसका यह वहम किसी भी तरह दूर नहीं किया जा सका, जो सर्जन ने नकली ऑपरेशन करने का निश्चय किया। उस स्त्री को ऑपरेशन-मेज़ पर लिटाकर इतनी दवाई सुंघा दी गई कि वह अर्धमूर्च्छित हो गई। वह केवल सुन और अनुभव कर सकती थी, देख नहीं सकती थी। सर्जन और नर्सें कमरे में इधर-उधर आ-जा रहे थे और जल्दी-जल्दी नौकरों को कुछ आज्ञाएं दे रहे थे, यानी इस तरह सारे काम कर रहे थे मानो किसी गम्भीर ऑपरेशन में लगे हों। रोगी के ऑपरेशन वाले अंग पर बर्फ का पानी बूंद-बूंद डालते रहे जिससे रोगी को मालूम हो मानो पट्टियां बांधी जा रही हैं। फिर उसे एम्बुलेंस में डालकर घर पहुंचाया गया। होश में आने पर दो नर्सें उसके कमरे में उपस्थित थीं। जब उसे चाय पीने को पूछा गया, तो उसने बड़ी क्षीण आवाज़ में उत्तर दिया कि उसे बहुत कमज़ोरी अनुभव हो रही है और वह चाय नहीं पी सकती; किन्तु जबर्दस्ती उसे एक-दो घूंट चाय पिलाई गई। दस दिनों तक वह बिस्तर पर रही। इसके बाद ही उसको कोई मिल सका। कुछ दिनों में वह बिलकुल ठीक हो गई।

हम सब जानते हैं कि डाक्टर या वैद्य के इलाज की सफलता रोगी के इस विश्वास पर टिकी होती है कि उसे उसकी दवाई से आराम आ जाएगा। डाक्टर यह अच्छी तरह जानते हैं कि जब रोगी का अपने ठीक होने का विश्वास छूट जाए, तो उसके बचने की कोई आशा नहीं रहती। यही कारण है कि डाक्टर आखिरी क्षण तक रोगी को यह नहीं बताते कि उसके बचने की कोई आशा नहीं है, क्योंकि वे जानते हैं कि यह खबर उसके लिए मृत्यु-दण्ड से कम न होगी।

'मैं अवश्य ठीक हो जाऊंगा', यह विश्वास ही एक अचूक दवाई है। मुझे एक ऐसे व्यक्ति का उदाहरण याद है जो वर्षों तक किसी भयानक रोग से पीड़ित रहा और कोई डाक्टर या सर्जन भी उसे ठीक न कर सका। उसकी आराम पाने की सारी आशा टूट चुकी थी। एक दिन अचानक उसने एक प्रसिद्ध विदेशी डाक्टर के वहां आने की खबर पढ़ी। कई बार उसने अखबारों में उसके चमत्कारी इलाज के बारे में पढ़ा था। उसे विश्वास हो

गया कि उसका इलाज भी यही असाधारण डाक्टर कर सकेगा। चाहे वह निर्धन था, लेकिन रोग से आराम पाने की प्रसन्नता के सामने धन तुच्छ था। उसे अपने रोगमुक्त होने का इतना दृढ़ विश्वास हो गया कि उसने अपना घर-बार सब कुछ बेचकर धन एकत्रित कर लिया।

जब वह उस डॉक्टर के पास पहुंचा तो उसे कुछ देर बाहर प्रतीक्षा करनी पड़ी। उसका डॉक्टर पर विश्वास इतना प्रबल हो गया था कि उसका इलाज कराने से पहले ही वहां बैठे-बैठे उसे आराम अनुभव होने लगा। डॉक्टर ने परीक्षण के बाद जब उसे बताया कि वह जल्दी ठीक हो जाएगा तो सचमुच दवाई लेने से पहले ही उसका रोग भाग चुका था।

अब इस व्यक्ति के आश्चर्यजनक इलाज में छिपी मनोवैज्ञानिक पृष्ठभूमि देखिए। उस व्यक्ति को डॉक्टर के इलाज से सफलता की शत-प्रतिशत आशा थी। उसके मन में रत्ती-भर भी सन्देह न था, और इसी विश्वास के कारण ही उसकी बीमारी दूर हो गई।

ज़रा सोचो, वह जड़ औषधि, जो बरसों शीशी में निर्जीव पड़ी रहती, एक मनुष्य को जीवन-दान देने में सफल हुई। वास्तव में सफलता दवाई की नहीं, सफलता तो उस शक्तिशाली विश्वास की है जो मनुष्य के अपने मन में होता है। दवाई में रोगी का विश्वास खत्म कर दो, उसका असर भी उसी क्षण मिट्टी हो जाएगा।

इसमें शक नहीं कि बहुत-से लोग व्यर्थ ही अपने पास अनेक दवाइयां रख छोड़ते हैं, जिनका कोई महत्व नहीं होता है। फिर भी हम उनके प्रयोगों को हानिप्रद नहीं कह सकते, क्योंकि जब तक लोग उन दवाइयों पर विश्वास रखेंगे, उन्हें उनसे फायदा होता रहेगा। कारण यही है कि यहां पर विश्वास इलाज करता है, न कि दवाई।

आज से कुछ सदी पहले लोगों में विचित्र औषधियां प्रचलित थीं। उन औषधियों को हम आज व्यर्थ और दकियानूसी कहेंगे। पर उनका भी तब बड़ा लाभ था, क्योंकि कुछ वर्ष पहले लोग गठिया आदि रोग से बचने के लिए घोड़ों के चेस्टनट जेबों में रखते या लोहे की अंगूठियां पहनते थे। इस बीमारी की समय-समय पर अनेक औषधियां चलीं और खूब प्रसिद्ध हुईं। किन्तु आज वे भी दवाइयां व्यर्थ लगती हैं, क्योंकि अब लोगों का उन पर विश्वास नहीं रहा। जब तक लोगों के विश्वास की शक्ति उनमें

थी, वे असर करती रहीं, पर विश्वास छूटने पर उनका असर भी छूट गया।

दवाइयों की ही तरह डॉक्टर या वैद्य की मशहूरी का कारण भी यही होता है। रोगी प्रायः किसी प्रसिद्ध व सर्वमान्य डॉक्टर के ही पास जाना चाहते हैं और आश्चर्य तो यह है कि वहां जाने मात्र से ही वे काफी ठीक हो जाते हैं। सच कहें तो डॉक्टरों की सफलता का श्रेय उनकी अपनी योग्यता या दवाइयों से अधिक उनमें लोगों के विश्वास को है।

धार्मिक साहित्य ऐसी अद्भुत कथाओं से भरपूर है कि अनेक रोगी प्रसिद्ध तीर्थस्थानों पर जाने और अमृतमयी नदियों में स्नान करने से रोग मुक्त हो गए।

मेरा एक मित्र भारत-भ्रमण करते हुए हरिद्वार पहुंचा। वहां अनगिनत लोग गंगा के पवित्र जल में स्नान कर रहे थे। उसने ऐसे अनेक व्यक्तियों को सटकर नहाते देखा जो भिन्न-भिन्न बीमारियों से ग्रसित थे। उस स्थान का पानी बहुत गन्दा हो रहा था। पास से ही शव बहते जा रहे थे–और लोग वहां नहा रहे थे–चुल्लू भर-भर पानी पी रहे थे। ये लागे दूर-दूर से गंगा में नहाने के लिए आते हैं। उन्हें गंगाजल की अद्भुत शक्ति पर इतना विश्वास था कि वह पानी जिसमें अब सहस्त्रों बीमारियों के कीटाणु मिल गए थे, उन श्रद्धालु लोगें के लिए अचूक औषधि सिद्ध हुआ जो दूसरे श्रद्धाहीन लोगों के लिए घातक सिद्ध होता।

हमारे सब तीर्थों और स्वास्थ्यवर्धक स्थानों की सफलता का रहस्य यही विश्वास है। न्यूयार्क के गिरजाघर में मैंने विश्वास का एक अद्भुत चमत्कार देखा। सेंट ऐनी की जयन्ती मनाने वहां सहस्त्रों लोग इकट्ठे हुए थे। उनमें से अधिक सेंट ऐनी की चमत्कारिक कलाई से आराम पाने को आए थे। स्वास्थ्य पाने की आशा में वे सब घुटने टेककर आंगन में बैठ गए। तब पादरी ने उस चमत्कारपूर्ण हड्डी को हरेक रोगी के दुखते अंग से छुआ दिया–और बस, रोगी के विश्वास की शक्ति से वह स्पर्श ही उन्हें आराम देने में सफल हो गया।

इन सब उदाहरणों से यह स्पष्ट हो जाता है कि अद्भुत इलाज करने वाला न तो कोई अन्धविश्वास है, न कोई रस्म या कोई दवाई, बल्कि विश्वास की प्रबल शक्ति है जो सब चमत्कार कर दिखाती है। ईसा ने भी इसी सत्य को कहा था–"मेरा विश्वास नहीं, तुम्हारा अपना

विश्वास ही तुम्हें यह सब बना सका है।" सच कहा जाए तो हमारा स्वास्थ्य हमारे विश्वास पर ही बढ़ता है और स्वास्थ्य में सन्देह उत्पन्न होने पर शरीर रोगी हो जाता है। यदि यह सन्देह दृढ़ विश्वास में बदल जाए तो वह उसकी मृत्यु का कारण भी बन सकता है। वास्तव में रोग और स्वास्थ्य कुछ भी नहीं, यह तो केवल मन की धारणा ही है। वही वस्तु जो किसी को अनमोल स्वास्थ्य प्रदान कर सकती है, किसी दूसरे के स्वास्थ्य को हानि पहुंचा सकती है। महत्व वस्तु का नहीं, बल्कि उसे देने वाली भावना का है।

एक बड़ी मनोरंजक घटना है। एक बार एक प्यासा युवक बाहर जाते हुए रास्ते के गांव में अपनी वृद्धा नानी के घर से गुज़रा। गांव की प्रथा के अनुसार उसकी नानी ने उसे दही बिलोकर छाछ दी जो उसने तभी तैयार की थी। युवक छाछ पीकर फिर अपने रास्ते चल दिया। उसके चले जाने के बाद अचानक उस वृद्धा ने छाछ का बरतन देखा तो उसका दिल धक् से रह गया। बरतन में दही के साथ एक छोटा सांप भी मथा गया था। अपने नाती के अनिष्ट की आशंका से उसका मन कांप उठा। सांप के विष से भरी छाछ पीकर वह भला जीवित रहा होगा!

कुछ दिनों बाद वही युवक फिर अपनी नानी के घर आया। उसे अच्छा-भला देखकर उसकी नानी आश्चर्यचकित रह गई। युवक के पूछने पर जब वृद्धा ने सारी बात बताई, तो युवक सुनकर सन्न रह गया। जब तक उसे यही पता था कि उसने छाछ पी है, तब तक वह स्वस्थ था और वह विषैली छाछ भी उसका कुछ न बिगाड़ सकी थी; किन्तु आज इतने दिनों बाद विष की बात सुनते ही मानो उसके शरीर में विष ही व्याप्त हो गया। वह उल्टे पांव घर लौट पड़ा। घर पहुंचते ही उसने चारपाई पकड़ ली और कुछ ही दिनों में उसकी मृत्यु हो गई।

इस सबसे यही स्पष्ट होता है कि स्वास्थ्य और बीमारी बहुत-कुछ अपनी भावना पर ही निर्भर है। स्वास्थ्य का विश्वास स्वस्थता देता है, जबकि बीमारी होने का सन्देह बीमारी ही उत्पन्न करता है।

विश्वास के ही कारण गांव का एक अनपढ़, साधारण हकीम या दूसरा व्यक्ति अपनी दवाइयों या मंत्रों आदि से वह इलाज करता है जो एक सुशिक्षित सर्जन ही कर सकता है। ऐसे सहस्त्रों लोग, जिन पर डॉक्टरी

दवाइयों का कोई असर नहीं हुआ, गलत ढंग से उच्चारण किए गए मन्त्रों से स्वस्थ होते देखे गए हैं।

विश्वास ही मनुष्य के लिए संजीवनी औषधि रहा है। विश्वास ही जीवन का निर्माता, सृष्टिकर्ता और संरक्षक रहा है। विश्वास के बिना मनुष्य जीने की आशा नहीं कर सकता। स्वयं ईसा ने यह कहा था– "आत्मविश्वास के बिना तुम मुझसे भी कोई लाभ नहीं उठा सकते।" जो भी लोग ईसा के पास आते, उन्हें वह यही कहता–"विश्वास करो कि मैं तुम्हारे लिए कुछ कर सकता हूं।" जब वह इलाज कर देता, तब उसका कारण अपने को नहीं उसके विश्वास को ही बताता। ईसा ने कभी अपने विश्वास पर ज़ोर नहीं दिया बल्कि लोगों के विश्वास पर ही ज़ोर दिया। कल्पना करो, लोगों को ईसा की शक्ति पर कितना प्रबल विश्वास था कि वे उसे एक ऐसा अवतार मानते थे जो अन्धों की आंखें खोलता, लगड़ों को चलाने की शक्ति देता, गूंगों को वाणी देता, बहरों को सुनने की शक्ति देता–यहां तक कि मृतकों में प्राण डाल देता था! सोचो, इन चमत्कारों में लोगों को कितना विश्वास था! यह उनके विश्वास की पराकाष्ठा ही तो थी कि ईसा के पांव पर डालने के लिए लोग रोगियों को छत से नीचे फेंक देते थे। फिर भला इसमें सन्देह ही क्या था कि ईसा के छूने-भर से उनकी बीमारी भाग जाती।

यह सब देखते हुए क्या शंका की जा सकती है कि मनोवैज्ञानिक और अन्य चिकित्सक इस विश्वास की शक्ति से ही अनेक रोगों का इलाज कर सके हैं? जब यह सच है कि दवाइयों का असर अपने विश्वास के कारण ही होता है, तो क्यों न विश्वास पर ही भरोसा करें और दवाइयों को छोड़ दें?

कुछ लोग यह कहते हैं कि कई रोगी डॉक्टर पर विश्वास रखे बिना भी स्वस्थ हो जाते हैं; लेकिन प्रश्न तो यह है कि अगर रोगी को अपने आराम के लिए डॉक्टर पर विश्वास न था तो वह उसके पास इलाज के लिए पहुंचा ही क्यों? सच तो यह है कि आपका इलाज करने वाला न तो कोई ऐलोपैथ है, न होम्योपैथ–बल्कि आपका आत्मविश्वास और ईश्वर-विश्वास ही है। वही ईश्वर जिसने आपको जीवन दिया, अब आपके जीवन की रोगों से रक्षा भी करता है।

वह ईश्वरीय तत्व, जो एक नन्हें बीज को विशाल वटवृक्ष बनाता है, जो छोटे-से अंकुर को सुन्दर पुष्प में खिला देता है—वही रचनात्मक तत्त्व सारी सृष्टि के कण-कण में बसा हुआ है। हमारा यह छोटा-सा जीवन भी उसी महान ईश्वरीय शक्ति का एक अंग है। उससे अलग रहकर हम क्षण-भर भी नहीं जी सकते। वह जीवनदायिनी शक्ति हमारे भीतर निवास करती है। उसी से शक्ति लेकर हम सब कष्टों से जीवन की रक्षा करते हैं। जिस क्षण हम उस अजस्र जीवन-स्रोत से एकता अनुभव करेंगे, उसी क्षण हमें शारीरिक और मानसिक स्वास्थ्य प्राप्त होगा। जब ईश्वरीय संरक्षण में हमारा विश्वास दृढ़ होगा, तभी शरीर के सब रोग और कष्ट दूर हो जाएंगे।

सदा अपने को पूर्ण स्वस्थ और सामर्थ्यवान ईश्वर-सन्तान समझो। कभी बीमारी या कमज़ोरी का विचार भी मन में न लाओ। सदा स्वस्थ और बलवान शरीर की कामना करो और ये स्वस्थ विचार ही आपके शरीर को स्वस्थ बना देंगे।

चिन्ता नहीं यदि आपका शरीर इन स्वस्थ विचारों और ईश्वरीय विश्वासों के अनुसार नहीं बनता है। अपने विचारों पर दृढ़ रहो। स्वास्थ्य के विश्वास को कभी न छोड़ो। धीरे-धीरे आपके विश्वास का प्रभाव शरीर पर होगा और सब रोग, दुर्बलताएं दूर होकर एक सबल, स्वस्थ व्यक्तित्व उभरता आएगा।

किन्तु स्वास्थ्य प्राप्त करने के लिए केवल रोग का बहिष्कार ही काफी नहीं होगा; बल्कि रोग के बहिष्कार के साथ-साथ स्वास्थ्य का स्वागत भी मन में करना होगा। तभी आप स्वास्थ्य प्राप्त कर सकेंगे।

'स्वास्थ्य ही एकमात्र अटल सत्य है और रोग या अस्वस्थता क्षणिक व असत्य है'—यह विश्वास ही सबसे बड़ा इलाज है। प्रत्येक डॉक्टर की सफलता का रहस्य भी इसी विचार को महत्व देने में है कि स्वास्थ्य ही मनुष्य का जन्मसिद्ध अधिकार है न कि रोग या दुःख।

जब मैं आपके सामने अमर स्वास्थ्य का सिद्धान्त रखता हूं, तो मैं शरीर के स्वास्थ्य की कल्पना नहीं करता। तब मेरे सामने मनुष्य का ईश्वरीय या आत्मिक स्वास्थ्य ही होता है। मनुष्य का नश्वर भौतिक शरीर मेरी आंखों में नहीं होता, बल्कि उसकी अमर आत्मा होती है जो न कभी

जन्म लेती है, न मरती है। वास्तव में यही मानव-जीवन का अमर सत्य है, जिसे दृढ़ता से पकड़कर वह नश्वर शरीर से ही अमरत्व प्राप्त कर सकता है।

स्वस्थ एवं शक्तिशाली जीवन पाने के लिए आपको प्रतिक्षण विश्वास से यह कहना चाहिए–"मैं स्वस्थ हूं। मैं शक्ति हूं। मेरा शरीर हृष्ट-पुष्ट है। मैं पूर्णतः स्वस्थ हूं। ईश्वर ने ऐसी कोई बीमारी मुझे नहीं दी, जिस पर विजय पाने के लिए मेरे शरीर में सामर्थ्य न हो। मेरा शारीरिक स्वास्थ्य आत्मिक स्वास्थ्य पर निर्भर है। स्वास्थ्य की सम्पत्ति मुझे अपने विधाता से ही मिली है और उसमें रोग या निर्बलता का कोई स्थान नहीं। मुझे ईश्वर से अमर जीवन मिला है, क्योंकि वह स्वयं अमर है।"

हारवर्ड मैडिकल स्कूल के प्रसिद्ध डॉक्टर रिचार्ड सी. केबट का कहना है कि हस्पताल का वातावरण रोगियों के लिए सबसे अधिक हानिप्रद है। वहां बीमारी की ही बातें सुनते और देखते हुए रोगी को बीमारी के खयालों से पल-भर भी छुटकारा नहीं मिलता। उनके मन में स्वास्थ्य के स्थान पर बीमार के विचार घुसे रहते हैं। वास्तव में उन्हें ऐसे स्थान पर रखना चाहिए जहां की प्रत्येक वस्तु स्वास्थ्य का सन्देश देने लगे।

इसी सम्बन्ध में मुझे एक बीमार स्त्री का स्मरण आता है जो अपने रोगग्रस्त जीवन से बहुत दुःखी थी। अनेक बीमारियों में से एक बीमारी उसके गले पर एक गिल्टी थी। उसका विश्वास था कि डॉक्टर को उसे अवश्य दिखाना चाहिए नहीं तो उसे कभी आराम नहीं आ सकता। दिन-रात वह उसकी चिन्ता में डूबी रहती।

जब वह पहले दिन इलाज के लिए आई तो मनोवैज्ञानिक डॉक्टर ने एक सुन्दर गुलदस्ता उसके सामने रखा जिसके फूलों का रंग स्वस्थ गुलाबी शरीर जैसा था। चिकित्सक ने उसे वहां बैठकर उन फूलों की सुन्दरता देखने को कहा। उसके मन को उल्लासपूर्ण बनाने के लिए मनोवैज्ञानिक ने उसे आधा घण्टा फूलों के सौन्दर्य में मुग्ध रखा। फिर उसने स्त्री को बताया कि वह बीमारी की कोई बात उससे सुनना नहीं चाहता था क्योंकि डॉक्टर को सदा ईश्वर-प्रदत्त स्वास्थ्य के ही विषय में सोचना चाहिए। उसने स्त्री को भी ऐसे ही स्वस्थ विचार मन में लाने को कहा।

उस स्त्री ने सभी आदेशों का पालन किया। धीरे-धीरे उसके स्वास्थ्य

से भरे विचारों का प्रभाव उसके शरीर पर होने लगा। जब मन पर पूर्णतः स्वास्थ्य का राज्य हो गया, तभी उसका सारा शारीरिक कष्ट दूर हो गया।

ऐसे इलाज यह सिद्ध करते हैं कि शरीर वस्तुतः मन का ही साकार रूप है। इसलिए जैसे मन के विचार होते हैं वैसा ही शरीर बन जाता है। वह समय दूर नहीं जब किसी घर में बीमारी या रोग का नाम भी नहीं लिया जाएगा। शारीरिक रोगों का अस्तित्व ही कोई नहीं मानेगा। बच्चे सदा स्वास्थ्य के ही ख्यालों में पलेंगे–तब उनके हृदय आशा व उल्लास से भरे होंगे और शरीर स्वास्थ्य व शक्ति से।

भविष्य में हम इसी सुन्दर स्वास्थ्य की ही कल्पना करेंगे। जैसे मीठे जल से लबालब भरा झरना ही सारी घाटी को हरी-भरी बनाता है न कि आधा या खारे पानी से भरा झरना–उसी तरह स्वास्थ्य का असीम विश्वास जीवन-वाटिका को लहलहा देता है।

समृद्धि का रास्ता

समृद्धि के विचार और विश्वास से बढ़कर समृद्धि पाने का कोई साधन नहीं।
जिस ईश्वर ने सारे संसार को पूर्णता प्रदान की है, उसके भण्डार में तुम्हारे लिए भी सब कुछ है। सीमाएं बांधने वाले तो स्वयं हम हैं–ईश्वर तो सदैव प्यासी आत्मा के लिए अमृत बरसाता रहता है।

बाह्य निर्धनता को जीतने से पहले हमें मन की निर्धनता को जीतना होगा। सच्ची समृद्धि मन की समृद्धि से ही आती है, जिसका जन्म आशा और उल्लास की गोद में होता है। जब हम 'सत्यं शिवं सुन्दरम्' ईश्वर के साथ अपना निकट का नाता जोड़ लेते हैं, तब जीवन में सारा सौन्दर्य, सारी सम्पत्ति उमड़ पड़ती है।

एक बार एक निर्धन स्त्री को अपना गांव छोड़ नगर में जाकर बसना पड़ा। नये घर में आकर उसके आश्चर्य का ठिकाना न रहा, क्योंकि वहां रोशनी के लिए बिजली के बल्ब लग रहे थे। उसने पहले उन्हें कभी देखा-सुना न था। गांव के लैम्प से तो वे कई गुना अधिक रोशनी दे रहे थे।

कुछ दिनों बाद एक आदमी बिजली के बड़े बल्ब बेचता हुआ वहां आया। साठ किलोवाट का बल्ब लगाकर उसने बटन दबाया, तो इतना अधिक प्रकाश देखकर वह आश्चर्यचकित रह गई। उसके सामने यह जादू का चमत्कार था कि इतने छोटे-से बल्ब में से इतनी चुंधियाने वाली रोशनी

निकले, मानो सूर्य ही जगमगा रहा हो। उसके लिए तो यह सोचना भी असम्भव था कि यह अद्‌भुत सूर्य का प्रकाश उसी 'करेण्ट' से आता है, जिससे पहले वह छोटा-सा बल्ब जलाया करती थी।

हम इस स्त्री के अज्ञान पर हंसते हैं, किन्तु इसमें अधिकांश अपनी शक्तियों के बारे में उतने ही अनजान हैं, जितना वह स्त्री बिजली की शक्ति से थी। उसकी तरह हम भी अपनी अपार शक्ति में से छोटे-से बल्ब का ही प्रयोग कर जीवन के अमूल्य दिन गंवा देते हैं। कभी सोचते ही नहीं कि हमारे भीतर भी उस छोटे-से बल्ब से सौ गुना अधिक शक्ति और प्रकाश छिपा पड़ा है। हम कभी कल्पना भी नहीं करते कि हमारे अन्दर योग्यताओं और शक्तियों का सागर लहरा रहा है, जिसमें अनगिनत रत्न छिपे पड़े हैं। बस, एक बार उस सागर में डुबकी लगाने की आवश्यकता है, क्षण-भर में ही 'समद्धि का मोती' हमें मिल जाएगा। हम स्वयं ही अपनी सफलता की सीमाएं बांधते हैं, स्वयं ही समृद्धि को ठोकर लगाते हैं; क्योंकि इस अपार सागर से हम जीवन में कुछ बूंदें ही लेते हैं। उस विद्युत-स्रोत से केवल छोटे बल्ब की रोशनी ही लेते हैं, इसलिए जीवन की समृद्धि अधूरी रह जाती है।

उस स्त्री की भांति कितने ही लोग अपने अटूट शक्ति-भण्डारों का बहुत कम उपयोग करते हैं। वे सोचते हैं कि यदि वे इतना थोड़ा उपयोग कर रहे हैं तो ईश्वर ने उनके लिए इतना ही निश्चित किया होगा। यह वे कभी नहीं सोचते कि कमी बिजली के करेण्ट में नहीं, बल्कि उनके छोटे बल्बों में है।

हममें से सहस्रों व्यक्ति अपनी शक्तियों को अपने सन्देह और अविश्वास के कारण नष्ट कर लेते हैं। निर्धनता-भरे विचारों के कारण हम स्वयं जीवन की सुख-समृद्धि से मुख मोड़ लेते हैं। समृद्धि का प्रवाह सदैव प्रसन्न मन की ओर ही बहता है। इसका बहाव कभी भी निराश और सन्देहशील मन की ओर नहीं होता, इसलिए हमें सदा अपने हृदय को इसके स्वागत के लिए प्रसन्न रखना होगा, क्योंकि चार या आठ किलोवाट के बल्ब लगाकर हम साठ किलोवाट के बल्ब के प्रकाश की आशा नहीं कर सकते।

समृद्धि की नदी आपके द्वार के पास से बही जा रही है। इसमें अनगिनत मणि-माणिक्य भरे हैं। यदि आपके मन में उन्हें प्राप्त करने की

प्रबल इच्छा और उन्हें पा लेने का दृढ़ विश्वास है, तो निश्चय ही आप उन रत्नों को पा लेंगे। रत्न तो वहां भरपूर हैं, बस आवश्यकता है आपके प्रयत्नों की और वे आपको मिल जाएंगे।

यदि संसार के सब निर्धन व्यक्ति आज से निर्धनता के बारे में सोचना बन्द कर दें, इसकी चिन्ता या आशंका करना छोड़ दें–मन में समृद्धि और केवल समृद्धि का ही विचार करें, तो सचमुच उनके जीवन का पासा ही पलट जाए।

कई बार अनेक आशावादी व्यक्ति भी इच्छित सुख-समृद्धि न मिलने पर निराश हो जाते हैं और सोचते हैं कि क्या कारण है जो सफलता अभी तक उनसे दूर है।

बात यह है, मेरे मित्र! यदि आप अभी तक अपनी चिरसंचित इच्छा को पूरा नहीं कर पाए हैं, साफ़ ज़ाहिर है कि आपके मन में अभी तक कुछ सन्देह बाकी है और प्रयत्नों में कमी है। ईश्वर के पास आपके लिए सब कुछ है। कमी उसके देने में नहीं, आपके लेने में है। देने वाले के पास तो अपार शक्ति-सागर है, पर आपका पात्र ही इतना छोटा है कि उसमें भारी समृद्धि समा ही नहीं सकती। फिर आप इस छोटे-से पात्र को भी अविश्वास और सन्देह के कंकड़ों से भर लेते हैं, तो आपको मिलेगा ही क्या? दसरे शब्दों में, आपके अपने सन्देह और भय ही समृद्धि के लिए घातक सिद्ध होते हैं।

समृद्धि केवल चाहने से ही नहीं मिला करती। समृद्धि के बारे में सदा सोचते रहने से भी वह नहीं मिलती; यह तो मंज़िल की ओर पहला ही कदम है। सोचने के साथ-साथ आपको प्रयत्न भी करने होंगे, तभी आप सफलता पा सकेंगे, जीवन-भर वैभव के सपने लेने पर भी शायद आप झोंपड़ी में ही खत्म हो जाएं, क्योंकि आपके सपनों के पीछे आपके प्रयत्न नहीं थे, अर्थात् सफलता के लिए आपको परिश्रमी, व्यवहार-निपुण और प्रयत्नशील बनना होगा। अपने आदर्श को सत्य बनाने के लिए उसमें परिश्रम से जुट जाना होगा।

निर्धनता का सबसे बड़ा अभिशाप यह है कि इससे मनुष्य को सदा निर्धन रहने की आदत बन जाती है। आप चाहे कितने भी निर्धन क्यों न हों, अगर आपका मन इसे स्वीकार नहीं करता, तो आप अधिक समय

निर्धन नहीं रहेंगे। यदि आपने निर्धनता को भगा देने के लिए कमर कस ली है, यदि आपको यह प्रबल विश्वास है कि आप उस ईश्वर की सन्तान हैं, जो सब समृद्धियों का दाता है और जो आपको भी जीवन के मधुर वरदान देगा–तो बस, समृद्धि का द्वार आपके लिए खुल जाएगा।

निर्धनता से जूझते हुए क्या कभी आपने यह भी सोचा है कि ईश्वर ने आपके लिए कितने वैभव-भण्डार भरे हैं? ज़रा कल्पना करो–यह विशाल विश्व और इसमें भरी हुई अपार धन–सम्पत्ति, जीवन की अनमोल वस्तुएं, अकल्पनीय शक्ति-भण्डार! अब सोचो, यदि आप इन सबको अपने प्रयत्नों से उपयोग में ले आओ, तब क्या निर्धनता का नाम भी शेष रहेगा? इस विशाल संसार के गर्भ में इतनी सम्पत्ति छिपी पड़ी है, जिसका उपयोग कर मनुष्य अपनी हर आवश्यकता को पूरा कर सकता है–यहां तक कि वैभव और विलास के साधन भी जुटा सकता है। आप शायद विश्वास नहीं करेंगे कि ऐसी असम्भव बात कैसे हो सकती है। किन्तु, क्या सभ्यता का विकास करते हुए मनुष्य ने आज तक यह सब नहीं किया है?

प्रत्येक आविष्कार, खोज, घर या मकान, नगर या सड़क यानी कोई भी चीज़ जिसे मनुष्य ने अपने सुख के लिए बनाया है–बस इसी विश्व के अटूट भण्डार से ही तो बनाई गई है? मनुष्य की बनाई हर वस्तु के पीछे यही योजना है, यही रहस्य है।

हम यह सोचते हैं कि इन वस्तुओं का निर्माण हमने किया है, पर ऐसा नहीं है। हम तो केवल ईश्वरीय योजना के अनुसार उसके कार्य को ही आगे बढ़ाते हैं अर्थात् ईश्वर के ही भण्डार से इन वस्तुओं को निकाल बाहर ले आते हैं। किन्तु हमारा इतना काम भी अत्यन्त आवश्यक और महत्वपूर्ण है अन्यथा हम संसार में कुछ नहीं पा सकते।

इस अमूल्य बात का महत्व बहुत कम लोग समझ पाए हैं। विज्ञान भी अब इसका महत्व पहचान रहा है। एडीसन का कहना है–"सभी वैज्ञानिक यह अनुभव कर रहे हैं कि विश्व के कण-कण में एक अमर आत्मा व्याप्त है।" हममें से अधिकांश लोग यह नहीं जानते कि ईश्वर अपनी सन्तान के लिए प्रतिक्षण कितने अपार भण्डार खोल रहा है। इसी कारण हम उन्हें पाने के प्रयत्न भी नहीं करते और हमारी इच्छाएं अधूरी रह जाती हैं।

वास्तव में जिस क्षण हम यह जान लेंगे कि संसार में हमारी हर

आवश्यकता की पूर्ति सम्भव है और उसे पाने के लिए प्रयत्न करेंगे, बस तभी यह वस्तु हमारी हो जाएगी। हमें जीवन में कोई अभाव नहीं रहेगा।

संसार के अधिकांश गरीब लोग केवल धन से गरीब नहीं, अपितु मन से गरीब हैं। वे मन में कभी समृद्धि का विचार नहीं करते और न इसके लिए प्रयत्न करते हैं इसीलिए विश्व-भण्डार से वे कुछ नहीं पाते और निर्धन रह जाते हैं।

समृद्धि का विचार मन में दृढ़ता से जमा होना चाहिए, ताकि वह जीवन का एकमात्र लक्ष्य बन सके। तभी इसमें से आकर्षण-किरण फूटकर लक्ष्य को पास खींच लाएगी।

समृद्धि अथवा धन-सम्पत्ति ही नहीं, संसार में अन्य किसी भी लक्ष्य को प्राप्त करने के लिए हृदय में आत्मविश्वास और इच्छाशक्ति होनी चाहिए। जैसे निर्धनता के बारे में सोचते रहने से समृद्धि प्राप्त नहीं हो सकती, ठीक वैसे ही दृढ़ इच्छाशक्ति की कमी से जीवन में सफलता भी प्राप्त नहीं होती।

भारतवर्ष के ग्राम कालड़ी की एक सच्ची घटना इसका स्पष्ट प्रमाण है। कालड़ी ग्राम स्वामी शंकराचार्य जैसे हिन्दू धर्म के प्रचारक की जन्मभूमि थी। परन्तु जिन दिनों की यह घटना है, उन दिनों वहां हिन्दू नहीं बल्कि ईसाई धर्म का ही प्रचार बढ़ रहा था। धड़ाधड़ हिन्दू लोग ईसाई बन रहे थे। यह सब देखकर कुछ हिन्दू सुधारकों के मन को बहुत दुःख हुआ। उन्होंने इसके सुधार के लिए एक सभा करने की योजना बनाई और उसमें प्रवचन देने के लिए बाहर से एक विद्वान महात्मा को बुलाया। उधर इनके विरोधियों ने भी सभा भंग कर देने की पूरी योजना बना ली थी।

सभा की कार्यवाही शुरू हुई। महात्मा बोलने के लिए मंच पर खड़े हुए कि एकदम विरोधियों द्वारा ईंट-पत्थर फेंकने शुरू हो गए। लोगों में घबराहट फैल गई, नेताओं के भी रंग उड़ने लगे। पर यह क्या? महात्मा जी तो बिना ईंटों की परवाह किए बोलते जा रहे थे। उनके लिए मानो वे ईंट-पत्थर नहीं बल्कि फूल-पत्ते थे, जिनके प्रहार सहते, वह मुस्कराते हुए अपने शब्दों से अमृत-वर्षा किए जा रहे थे। पर आखिर कितनी देर ऐसे चल सकता था! चोटों के कारण शरीर से रक्त बहना शुरू हो गया और कुछ देर बाद अत्यन्त अशक्त अवस्था में महात्मा जी गिर पड़े। पर

मूर्च्छित होने से पहले उन्होंने अन्तिम गर्जना की–"अच्छा, अगर तुम्हारी यही इच्छा है तो अब से मैं यही रहूंगा और तब तक यहां से हिलूंगा नहीं, जब तक यहां हिन्दू धर्म का फिर से उद्धार न हो जाए।"

इस भयंकर घटना के बाद वे महात्मा जी वहीं रुक गए। उन्होंने घर-घर घूमकर सब लोगों में अपने धर्म के प्रति प्रेम जागृत किया। परिणाम यह हुआ कि जल्दी ही लोगों ने उनके उपदेशों को सुनना और आचरण में लाना शुरू कर दिया। धीरे-धीरे वहां सब ईसाई बने हिन्दुओं ने अपने धर्म को पुनः अपनाया और अब वहां पर सब हिन्दू अपने धर्म का पालन करते हैं वहां रामकृष्ण परमहंस आश्रम भी खुल चुका है।

यह है समृद्धि व सफलता पाने का रास्ता। इसी इच्छाशक्ति और सफलता के विश्वास के बल पर ही मनुष्य अपूर्व सफलता प्राप्त कर सकता है।

नवीन और पुरानी विचारधारा के लोगों में यही तो महान अन्तर है कि नवीन विचार वालों ने समृद्धि के इस सिद्धान्त को समझ, अपने जीवन में अपूर्व सफलता पा ली है, जबकि दूसरे लोग अभी भी अभावों में दुःख पा रहे हैं। एक की मानसिक दशा निर्धनता में भी समृद्धि की आशा और विश्वास लिए चलती है, जबकि दूसरे के मन में सदा निर्धनता का अन्धकार छाया रहता है। जिसमें सुन्दर भविष्य की कोई आशा नहीं, उत्साह नहीं और प्रयत्न भी नहीं होता।

यह ठीक है कि आशा और विश्वास रखने से ही निर्धनता दूर नहीं हो जाती, लेकिन तब उसमें निराशा और दुःखदायी वेदना तो नहीं होती, और साथ ही आशा की किरणें उसे मंज़िल भी दिखाती रहती हैं। किन्तु आशाविहीन निर्धनता ही जीवन का सारा उल्लास व आनन्द छीनकर व्यक्ति को सच्चे अर्थों में निर्धन बना देती है।

संसार के सहस्त्रों व्यक्ति ऐसे हैं, जिनका जीवन उसी तरह व्यर्थ जा रहा है, जिस तरह पश्चिम के मरुस्थल में रहने वाले लोगों का। वे लोग मरुभूमि में छोटे-छोटे मिट्टी के घर बनाकर रहते हैं और रोज़ी के लिए कुछ पशु पाल लेते हैं। इस तरह बड़ी मुश्किल से वे जीवन के दिन गुज़ारते हैं। हैरानी की बात तो यह है कि जिस भूमि पर वे कठिनता से रहते हैं, उसी के गर्भ में अनगिनत खनिज पदार्थों के भण्डार भरे हैं–जिनका उपयोग करके

वहां की भूमि सोना उगल सकती है। अगर कहीं वे लोग बुद्धि का उपयोग कर इस भूमि में बड़ी-बड़ी फसल उगाना सीख लें, तो कुछ ही दिनों में वे मालामाल हो जाएं। वास्तव में किसी भी भूमि में कोई कमी नहीं होती। कमी तो पानी और मेहनत की होती है। यदि मनुष्य का परिश्रम और बुद्धि उसमें लग जाए, तो कोई कारण नहीं कि भूमि बंजर रह जाए।

इन्हीं मरुस्थलवासी लोगों से कुछ ही दूर एक भूखण्ड पर वहां के लोगों ने अपने परिश्रम और बुद्धि से पृथ्वी पर स्वर्ग बना लिया है। वहां ही भूमि फसलों से लहलहा रही है और फल-फूलों से लदी है। वहां अनेकों परिवार अनन्त सुख का जीवन बिता रहे हैं।

बिलकुल इसी तरह संसार में अनेक व्यक्ति अपनी योग्यताओं और शक्तियों से अपरिचित होने के कारण आयु-भर गरीबी के मरुस्थल में ही दुःख पाते रहते है। बेकार पड़ी रहने से उनकी योग्यताएं कुन्द हो जाती हैं। कुछ व्यक्ति थोड़ा-सा परिश्रम करते हैं और थोड़ा सुख पा लेते हैं; किन्तु अधिकांश लोग इस मरुस्थल के लोगों की तरह सारा जीवन निर्धनता में बिता देते हैं।

नई विचारधारा का मुख्य सन्देश यही है कि हम अपनी शक्तियों का पूरा लाभ उठाकर जीवन में समृद्धि लाएं। यह हमें सिखाती है कि संसार के विशाल भण्डार में अनगिनत वरदान भरे पड़े हैं, जिन्हें मानव चाहे तो अपने परिश्रम से प्राप्त कर सकता है।

जब कोई व्यक्ति घने वन में भटक जाता है, तो वह नहीं जानता कि वह किस ओर जा रहा है। उसके पास दिशासूचक यन्त्र (कम्पास) भी न हो अथवा वह सूर्य को देख ठीक दिशा न जान ले, तब तक वह वहीं चक्कर काटता रहेगा और सोचेगा कि वह आगे बढ़ रहा है। अपनी गलती का पता भी उसे तब लगता है, जब बहुत देर भटकने पर भी उसे रास्ता नहीं मिलता। तब वह निराश होकर बैठ जाता है। इसी तरह आज सहस्रों व्यक्ति गलत विचारों के जंगलों में भटक रहे हैं। वे भी अपनी मंज़िल, सुख-समृद्धि की ओर नहीं बढ़ रहे, क्योंकि उन्हें रास्ते का ज्ञान नहीं और भटकते हुए वे निराश हो गए हैं। वे इतना भी नहीं जानते कि इस भटकन और निराशा का एक मुख्य कारण उनका गलत ढंग से सोचना है।

यदि इन सब निराश लोगों को यह समझाया जा सके कि उनकी

असफलता का कारण उनका अपना मन ही है–जो पाना कुछ और चाहता है और सोचता कुछ और है, जो चाहता कुछ और है और करता कुछ और है, तो उनके जीवन में सचमुच एक क्रान्ति आ जाए।

कितने दुःख की बात है कि राज्य सरकारें ऐसे शिक्षा केन्द्र नहीं खोलतीं, जहां मानसिक निर्धनता के रोगियों का इलाज हो सके। मानसिक निर्धनता के रोगियों को ऐसे केन्द्रों की उतनी ही ज़रूरत है, जितनी शारीरिक रोगियों को हस्पतालों की। इन केन्द्रों से सहस्त्रों लोगों को निर्धनता से छुटकारा मिल सकता है। ऐसा मानसिक उपचार उनके निराश जीवन में नई आशा-किरण जगा देगा, जिससे संसार के निर्धन व्यक्तियों के जीवन में क्रान्तिकारी परिवर्तन आ जाएगा।

कल्पना करो एक ऐसे युवक की, जिसने डॉक्टरी पढ़कर डॉक्टर बनने का निश्चय किया हुआ है। वह अपने-आपसे कहता है–मैं अपने डॉक्टर बनने की कल्पना नहीं कर सकता, क्योंकि मुझे तो इसका कुछ भी पता नहीं। शायद योग्य डॉक्टर की विशेषताएं मेरे भीतर नहीं हैं और कभी आएंगी भी नहीं। मुझे अपनी योग्यता पर सन्देह है। पर खैर, मैं कोशिश करूंगा।

क्या आपके विचार में ऐसा सन्देह-भरा, कायरतापूर्ण मन कभी सफलता पा सकता है? निस्सन्देह कभी नहीं पा सकता। डॉक्टर वही युवक बन सकता है, जो शुरू से ही आशा और विश्वास लेकर चला है और जिसकी कल्पना में सदा अपने भावी डॉक्टर का रूप ही बसा रहता है, जो उस भविष्य को साकार देखता है, जब उसकी शानदार प्रैक्टिस होगी और सफलता पांव चूमेगी।

यही सफलता की वह कुंजी है, जो किसी भी निर्धन व्यक्ति को धनवान बना सकती है। यदि आप निर्धनता की बीमारी से छुटकारा पाना चाहते हैं, तो आपको अपना इलाज ऐसे करना होगा। अपने से कहो–

"यदि मैं ईश्वर-सन्तान हूं, तो मुझे संसार का सारा वैभव विरासत में मिला है। निर्धनता मेरे इस अटल वैभव को छू भी नहीं सकती। क्योंकि स्वास्थ्य और सम्पत्ति तो अमर सत्य है जबकि बीमारी और निर्धनता क्षणिक और असत्य। निर्धनता मेरी प्रकृति नहीं है। ईश्वर-पुत्र के लिए संसार में कोई प्रभाव, कोई दुःख, कोई गरीबी नहीं हो सकती।

मेरे परमपिता ईश्वर की सब सम्पत्ति मेरी है।"

प्रतिदिन बाइबल के इस गीत को दुहराओ–"ईश्वर मेरा सहायक है। मुझे कभी कोई अभाव नहीं सताएगा।" प्रत्येक दिन का आरम्भ इन्हीं भावनाओं से करो। संसार की प्रत्येक अच्छी वस्तु विरासत से आपकी है। उसकी मांग करो, उसकी चाह करो और विश्वास के साथ पाने का प्रयत्न करो–वह तुम्हें अवश्य मिल जाएगी।

कुछ दिन हुए मैं एक ऐसे युवक से बातचीत कर रहा था जो कुछ पहले इतनी निर्धन दशा में था कि उसके स्त्री-बच्चों को भरपेट रोटी भी नहीं मिलती थी। वस्त्र और घर का भी उनके पास अभाव था। दूसरे शब्दों में, उनकी दशा अत्यन्त दयनीय थी। पर आज वे एक शानदार कोठी में सुख का जीवन बिता रहे हैं। अब उनके पास कार है और विलास के सब साधन हैं।

यह परिवर्तन कैसे हुआ? क्या उन्हें कोई जागीर या सोने की खान मिल गई? नहीं, ऐसा कुछ भी नहीं हुआ। उन्होंने केवल इतना समझ लिया कि उनकी निर्धनता उनके अपने हाथों की बनाई हुई है। बस, इतना समझते ही उन्होंने निराशा और निर्धनता को मन से निकालने का निश्चय कर लिया। और दृढ़ प्रतिज्ञा की कि कितनी ही बुरी दशा क्यों न हो, वे उसका सामना हंसते-हंसते करेंगे। और सचमुच मन से निर्धनता के दूर होते ही जीवन में निर्धनता भी न रही।

सफल व्यक्तियों के जीवन का यही रहस्य है कि वे निरन्तर अपने मन को आशा-भरे विचारों से पूर्ण रखते हैं, ताकि निराशा और निर्धनता की दुःखपूर्ण छाया उनके जीवन में विष न घोल दे।

आपके निराशा से भरे मन की अवस्था समृद्धि के विरुद्ध है और वही आपकी सफलता के लिए घातक सिद्ध हो रही है। आप वास्तव में समृद्धि से यह कह रहे हैं –

"ओ समृद्धि! मैं तुम्हें पाना चाहता हूं किन्तु मुझे विश्वास नहीं कि मैं तुम्हें कभी पा सकूंगा। तुम शायद मेरे लिए नहीं बनी हो, क्योंकि मैं जो भी प्रयत्न करता हूं, सब निष्फल हो जाते हैं। शायद कोई अज्ञात दुर्भाग्य मुझे तुमसे दूर रख रहा है। ओ समृद्धि! सचमुच मैं तुम्हें पाने की आशा नहीं करता–चाहे तुम्हें पाने के लिए मैं बहुत परिश्रम कर रहा हूं।"

बस, यही वह मानसिक व्यवस्था है जो सहस्रों लोगों को समृद्धि से दूर रखने के लिए ज़िम्मेदार है। यदि आप अपनी दशा सुधारना चाहते हैं तो आपको पहले अपने निर्धन विचारों से मुक्ति पानी होगी, क्योंकि यह निराशा ही आपको और अधिक निराशा लाकर देती है।

एक ऐसे राजकुमार के बारे में आप क्या सोचेंगे जो अपने पिता के महल से निकलकर गरीबी में रहना शुरू कर देता है और सदा यही सोचता और विश्वास करता है कि उसके भाग्य में ही यह लिखा है। आप कहेंगे कि यह उसका अपना दोष है। उसके पिता के महल में तो सब कुछ था। उसने स्वयं सम्पत्ति को ठोकर लगा दी।

किन्तु इसी मूर्ख राजकुमार की तरह हममें से भी अनेक वैसी मूर्खता करते हैं। हमारे परमपिता ईश्वर के महल (इस संसार) में भी धन-सम्पत्ति के अतुल भण्डार हमारी राह देख रहे हैं। इस सम्पत्ति को पाने का आपका जन्मसिद्ध अधिकार है। आप अपना अधिकार मांगते क्यों नहीं? जब तक आप उसे नहीं मांगेंगे, आपको वह मिल नहीं सकेगा।

सौन्दर्य और समृद्धि से पूर्ण यह सृष्टि आपके लिए खुली है। आशा और विश्वास रख, इसे पाने को हाथ बढ़ाओ, आपके प्रयत्नों के आकर्षण में बंधी वह स्वयं आपके पास आ जाएगी।

सारा शरीर सोचता है

हमारे शरीर का प्रत्येक अणु सोचता है।
शरीर का प्रत्येक अंग बुद्धि रखता है।

नवीन विज्ञान ने यह सिद्ध कर दिया है कि बुद्धि केवल मस्तिष्क तक ही सीमित नहीं बल्कि शरीर के अणु-अणु में व्याप्त है। प्रयोगों से यह सिद्ध हो चुका है कि शरीर के किसी अंग को काटकर यदि घातक औषधि के पास रख दिया जाए, तो उसके अणु जहां तक हो सके उससे दूर जाने का प्रयत्न करेंगे। पर जब कोई लाभदायक औषधि उनके पास रखी जाए, तो अणु उसके अधिक निकट खिंच आएंगे अर्थात् ये अणु अपनी बुद्धि का परिचय देते हैं।

मानसिक भावों–आशा, प्रसन्नता, भय या दुःख–का शरीर पर प्रबल प्रभाव पड़ने का एक मुख्य कारण यह भी है कि हमारे शरीर का प्रत्येक अणु सोचता है। हम मस्तिष्क को ही बुद्धि का एकमात्र स्थान मानते आ रहे हैं, इसलिए यह मानना कठिन लगता है कि बुद्धिमत्ता केवल मस्तिष्क ही नहीं बल्कि सारे शरीर के सभी अंगों व अणुओं की उपज है। वास्तव में हमारा सारा शरीर सोचता है।

आवश्यकता के कारण पशु के शरीर में आए परिवर्तन का उदाहरण देते हए डा. क्वेली बताते हैं कि जिराफ की गर्दन लम्बी होने का कारण यह है जिराफ के पूर्वज को खाने के लिए घास के स्थान पर वृक्ष की पत्तियों पर निर्भर रहना पड़ता था। तब उसके बुद्धिमान अणुओं ने

सोच-विचारकर उसे चार टांगों पर ऊंचा उठाना शुरू कर दिया और उसकी गर्दन लम्बी हो गई। ऐसी ही एक और आवश्यकता में हाथी-जाति के अणुओं ने उसके नमूने को बढ़ाकर सूंड बना दिया और उसके सिरे पर छोटी अंगुली-सी लगा दी।

किसी भी पशु शरीर को बढ़ाने वाले अणु खुद आकार में नहीं बढ़ते। अणु केवल आगे-आगे अधिक भागों में बंटते और संख्या में बढ़ते जाते हैं। जिससे शरीर का विकास होता है। उसी प्रोफेसर का कहना है कि अणुओं की वृद्धि और अनुभव को आप अच्छी तरह देख सकते हैं। ये गुण इन्होंने अपने पूर्वजों से पाए थे और आगे हर अणु अपने अधीन छोटे-छोटे अणुओं को ये गुण विरासत में देता रहा। इसी तरह ये गुण आगे चलते आए।

हम शरीर को विभिन्न अंगों का समूह मानते हैं और सोचते हैं कि प्रत्येक भाग स्वतन्त्र व दूसरे से अलग रहता है। किन्तु सच तो यह है कि हमारा शरीर अनेक संगठित अणुओं का समूह है। प्रत्येक अणु स्वतन्त्र रूप से सोचता है, लेकिन सम्पूर्ण शरीर के निर्माण में वे सब मिलकर कार्य करते हैं।

'मैं' सारे अंगों का प्रमुख नेता है। शरीर के सब अंग उसकी आज्ञा पर ही चलते हैं। यह मैं ही अंगों को स्वास्थ्य या बीमारी का विचार दे सकता है। यह 'मैं' यदि चाहे तो सारे जीवाणुओं में आशा की लहर या निराशा की काली छाया फैला सकता है। संक्षेप से जो भी विचार 'मैं' से आएंगे, वे जीवाणुओं पर अमिट प्रभाव छोड़ेंगे।

सर्जनों का कहना है कि महान विजय प्राप्त करने के बाद उसमें ज़ख्मी हुए सैनिकों के ज़ख्म जल्दी ठीक हो जाते हैं, जबकि हारी हुई फौज के सैनिकों के घाव जल्दी ठीक नहीं होते। इससे यह स्पष्ट है कि मन का उल्लास और विजय की भावना शरीर को स्वस्थ करने में बड़ी सहायक होती है।

जीवाणु वास्तव में मस्तिष्क का ही महत्वपूर्ण भाग है। प्रत्येक जीवाणु मानो एक छोटा स्टेशन है, जो मुख्य स्टेशन मस्तिष्क से जुड़ा हुआ है। इसलिए मन में घृणा, ईर्ष्या या क्रोध का भाव तुरन्त जीवाणुओं में भी झलक पड़ता है। मन का कष्ट प्रत्येक जीवाणु को कष्ट में डालता है। पर

मन यदि प्रसन्न है तो प्रत्येक जीवाणु प्रसन्न रहेगा।

सर्जनों ने इस बात की खोज बहुत पहले ही कर ली है कि कुछ नासूर मानसिक निराशा के कारण ही जन्म लेते हैं। अतः जिनके शरीर में नासूर की आशंका भी न हो, उनमें भी मन के भाव के नासूर के लक्ष्य प्रकट हो जाते हैं। इस वैज्ञानिक खोज की पुष्टि भी इस उदाहरण से होती है कि युद्ध से दुःखी लोगों में इस बीमारी के लक्षण बहुत जल्दी उत्पन्न होते देखे गए हैं। उन व्यक्तियों का अपने प्रियजनों की मृत्यु पर शोक इस भयानक रोग का कारण बन जाता है।

कई प्रकार के चर्म रोग, अजीर्ण का रोग, जिगर का रोग या दिल-दिमाग के रोग घृणा या ईर्ष्या के कारण ही होते हैं। ऐसी दुर्भावनाओं से रक्त में विष-सा घुलता रहता है, जो शरीर की शक्ति और साहस को घुन की तरह धीरे-धीरे नष्ट कर देता है।

प्रत्येक डॉक्टर जानता है, रोगी के स्वास्थ्य के लिए निराशा और अकेलेपन से बढ़कर घातक और कुछ नहीं। हम ज़रा भी नहीं सोचते कि निराशा और शोक के विचार मन में लाते हुए हम अपने स्वास्थ्य और प्रसन्नता का कितना नाश करते हैं। हमें रत्ती-भर अनुभव नहीं कि हमारी निराशा और चिन्ता से शरीर के प्रत्येक जीवाणु का साहस टूट जाता है और शरीर में अराजकता, अशान्ति फैल जाती है। यही कारण है कि कई बार किसी बुरी खबर या प्रियजन की मृत्यु के शोक से कई लोग बेहोश हो जाते हैं, यानी शोक का प्रभाव केवल मन पर ही नहीं, तन पर भी होता है। शरीर का प्रत्येक जीवाणु ही दुःख से एकदम मूर्च्छित हो जाता है। किन्तु किसी अच्छी खबर के मिलने पर या आने वाली प्रसन्नता की आशा में मन ही नहीं, सारे शरीर पर ऐसा स्फूर्तिदायक प्रभाव पड़ता है कि सारे जीवाणु नया जीवन प्राप्त कर लेते हैं।

उदाहरण के लिए जब हमें कहीं घाव लगता है, तब हम मस्तिष्क द्वारा जीवाणुओं को कोई सन्देश नहीं भेजते कि वे उस घाव को ठीक करें। किन्तु जीवाणु स्वयं ही उस घाव को ठीक करने का यत्न करते हैं, क्योंकि शरीर के निर्माता जो हैं वे ही इसे बनाते और इसकी मरम्मत करते हैं।

प्रोफेसर क्वेली का मत है कि प्रत्येक जीवाणु-भाग में छोटे-छोटे समझदार जीवाणुओं का समूह काम में लगा रहता है। वे इस मनोरंजक

सिद्धान्त को भी मानते हैं कि मनुष्य-शरीर का असली नियोजक तो वह सबसे छोटा जीवाणु ही होता है। कई प्रगतिशील वैज्ञानिकों का मत है कि शरीर के हर एक अंग में रहने वाले जीवाणुओं का अपना अलग मस्तिष्क होता है जो प्रत्येक अंग की गतिविधि को देखता और चलता है। ऐसे अलग-अलग मस्तिष्क, पेट, जिगर, दिल आदि के मुख्य स्टेशन मस्तिष्क के आदेश पर चलते हैं। शरीर में प्रत्येक जीवाणु अपने समूह देखिए। इस अंग का काम है–शक्कर बनाना, ज़हर दूर करना आदि। इन कार्यों में उस समूह के सभी जीवाणु लगे रहते हैं।

जब किसी कारण से रक्त विषैला हो जाता है, तभी कमज़ोरी से आमाशय और पचाने के अंगों वाले जीवाणु काम नहीं कर सकते। जब भोजन ठीक तरह नहीं पचता, तब इसमें दुर्गन्ध और ज़हर पैदा हो जाता है। सारे जीवाणु अव्यवस्थित हो जाते हैं। हृदयगति भी रुक-रुककर चलती है। खून का दौरा धीमा पड़ जाता है और सब नाड़ियां शक्तिहीन हो जाती हैं। कोई काम करने को जी नहीं चाहता। तब शरीर के सब जीवाणु शक्ति के लिए पुकार मचाते हैं। उनकी दुःखित पुकार सुनकर मस्तिष्क सोचता है कि कहीं कुछ गड़बड़ अवश्य है। कोई रोग है जिससे शरीर टूटता है और कोई काम करने को जी नहीं करता। बस, इतना निश्चय हुआ कि आप बीमार होकर उसी समय डॉक्टर या वैद्य के पास पहुंचते हैं और ताकत की दवाइयां लेते हैं। पर कोई खास फर्क नहीं पड़ता, तब आप डर जाते हैं कि कहीं कोई भयानक रोग तो शरीर को नहीं लग गया। अब बीमारी का भय शरीर को और भी कमज़ोर बना देता है। ऐसी हालत में जबकि शरीर को पुष्टिदायक भोजन की आवश्यकता होती है, तब आप नासमझी से दवाइयों के पीछे भागते हैं। शरीर को स्वस्थ रखने के लिए प्रकृति हर तरीके से हमारी सहायता करती है ताकि हम अज्ञानता या निराशा से कोई गलती न कर बैठें। इस काम में शरीर का प्रत्येक जीवाणु भी पूरी शक्ति से प्रयत्न करता है।

मनोवैज्ञानिक चिकित्सा का तो आधार ही यह है कि बुद्धि केवल मस्तिष्क में ही नहीं रहती बल्कि शरीर के सब जीवाणुओं में रहती है। जैसा कि अन्धे या बहरे लोगों के उदाहरण से सिद्ध होता है कि अंगुलियों के कोने से अन्धे इतनी समझ का काम लेना शुरू कर देते हैं कि दिमाग

में पाए जाने वाले सफेद जीवाणु उनकी अंगुलियों की पोरों पर देखे जाते हैं, अर्थात् मस्तिष्क के जीवाणु अन्धों की अंगुलियों की पोरों पर उत्पन्न हो जाते हैं।

शरीर की सब स्वाभाविक क्रियाएं–चलना, देखना आदि– जीवाणुओं के द्वारा ही होती हैं। हम हर कदम बढ़ाते हुए नहीं सोचते बल्कि प्रत्येक कदम अपने-आप आगे बढ़ता जाता है। इसी तरह जब मस्तिष्क नींद में निष्क्रिय रहता है, तब दिल की धड़कन चलाते रहने के लिए कोई दूसरा मस्तिष्क काम करता रहता है। अर्थात् उस अंग के जीवाणु अपनी बुद्धि से उसे चलाते रहते हैं। कई मस्तिष्क-दुर्घटनाओं से यह सिद्ध हुआ है कि मस्तिष्क के बहुत से तन्तु नष्ट हो जाने के बाद भी सोचने की शक्ति पर अधिक प्रभाव नहीं पड़ता। इतना ही नहीं, कई बार मस्तिष्क के बहुत-से हिस्से मिट जाने के बाद भी व्यक्ति पहले की तरह काम करता रहता है। इसका प्रमाण एक वैज्ञानिक द्वारा किये गए इन मनोरंजक प्रयोगों से मिलता है –

एक मेढक का सिर काट देने के बाद तेज़ाब की एक बूंद उसकी टांग के निचले हिस्से पर डाली गई तो सिरहीन मेंढक उसी टांग के ऊपर के पांव से उस बूंद को हटाने की कोशिश करने लगा। वैज्ञानिकों ने सिर के बाद यह पांव भी काटकर देखा। तब वह मेंढक पहले पांव से काम न होता देख दूसरे पांव से उसे हटाने की कोशिश करने लगा और हटा लेने तक लगातार कोशिश करता ही रहा। इस प्रयोग से यह सिद्ध हो जाता है कि सारे शरीर में सोच-विचार की शक्ति है और समझदार मन मस्तिष्क के बिना भी काम कर सकता है। हम जानते हैं कि शरीर के छोटे-से भाग का काम मस्तिष्क चलाता है। बाकी सब स्वाभाविक क्रियाएं केवल मस्तिष्क से नहीं होतीं। शरीर की रासायनिक प्रयोगशाला मस्तिष्क के बिना भी अपने समझदार जीवाणुओं की सहायता से सब काम करती है। यह सच है कि मस्तिष्क के जीवाणु बाकी जीवाणुओं के नेता कहे जाते हैं।

प्रत्येक जीवाणु का प्रभाव दूसरे जीवाणु पर होता है, क्योंकि वे सब एक-दूसरे से गहरे सम्बन्धित होते हैं। कल्पना करो, आप भोजन करने बैठे हैं। भूख बड़ी तेज़ लगी है। तभी एकदम आपको एक भयानक टेलीग्राम मिलता है, जिसमें आपके किसी प्रियजन की मृत्यु की खबर है।

उसे पढ़ते ही एकदम आपके भूख बढ़ाने वाले जीवाणु मृतप्राय हो जाते हैं और ज़बान सूख जाती है। इसी तरह हृदय और दूसरे अंग निष्प्राण होकर सहम जाते हैं, अर्थात् शरीर के सब अंग अपना-अपना काम छोड़ इस भयानक खबर से प्रभावित हो जाते हैं। इससे स्पष्ट है कि जो भी बात मन में आती है वह तुरन्त सारे जीवाणु-जगत में पहुंच जाती है।

हम जानते हैं कि शरीर के किसी अंग पर यदि ध्यान केन्द्रित किया जाए तो तत्काल उस अंग के लिए अधिक रक्त आ जाता है, अर्थात् रक्त मन के विचारों का अनुकरण करता है। प्रोफेसर अलेक्ज़ेंडर ग्राहम बेल ने मुझे बताया कि जब वह हालीफिक्स में घोड़े पर लम्बे सफर करता था, तो ठण्डे मौसम में वह अपने पांव गर्म करने के लिए उन पर ध्यान केन्द्रित किया करता था। रक्त के दौरे को तेज़ करने का यह तरीका इतनी बार प्रयोग किया गया कि अब किसी वैज्ञानिक को इस पर शक नहीं।

यह तो सब जानते हैं कि भय का विचार या किसी बीमारी की आशंका शरीर के उस भाग में सिकुड़न पैदा कर देती है, जिससे भय के साथ ही साथ वहां उस बीमारी की आशंका भी बढ़ती जाती है।

एक युवती का उदाहरण लो–उसे किसी सहेली ने शंका डाल दी कि उसके मां-बाप टी.बी. के रोगी थे, इसलिए उसे टी.बी. हो गई है। अब जब भी वह ठण्डे मौसम में थूकती है या उसके पांव गीले हो जाते हैं–तुरन्त उसे सहेली की बात याद आ जाती है और धीरे-धीरे उसके मन में बीमारी का भय जड़ जमा लेता है। क्योंकि उसका भय ज़्यादा फेफड़ों के नुक्स पर ही होता है। बस वहां सिकुड़न हो जाती है। और वह खांसना शुरू कर देती है। इससे उसकी भूख-प्यास ज़ाती रहती है। ठीक खुराक न मिलने से शरीर की शक्ति घटने लगती है और स्वास्थ्य बिगड़ जाता है। वज़न कम होने लगता है। ये लक्षण उसे और ज्यादा भयभीत बना देते हैं। क्योंकि टी.बी. के रोगी को सदा अपना भार तोलते रहने की आदत होती है। उसके चिन्तातुर मन का दुष्प्रभाव शरीर के पाचन-क्रम, रक्त के दौरे यानी सब क्रियाओं पर पड़ता है। परिणामस्वरूप उसका स्वास्थ्य गिरता जाता है और चेहरे का रंग पीला पड़ जाता है। अब सब उससे कहते हैं कि वह पीली पड़ गई है। उसे कोई बीमारी लग गई है। इन बातों से उसकी आशंका और भी पक्की हो जाती है। और उसे

विश्वास हो जाता है कि वह उस घातक बीमारी की शिकर हो गई है। बस, अब बचने की आखिरी आशा भी जाती रहती है। उसके विश्वास के अनुसार सब जीवाणु-परमाणु टी.बी. रोग को स्वीकार कर लेते हैं। इसी तरह से सैकड़ों व्यक्ति, जो अपने ही डर और आशंकाओं के कारण टी. बी. के रोगी बन गए हैं, केवल स्वास्थ्य का विचार करने से ही इससे मुक्ति पा सकते हैं।

जब हमारे विचारों और विश्वासों का शरीर के अंगों व जीवाणुओं पर अमिट प्रभाव पड़ता है, तब क्यों न हम अपने विचार केवल आशा-भरे ही रखें? जीवाणुओं को अपने-अपने कार्य में निपुण रखने के लिए यह आवश्यक है कि हम उन्हें प्रसन्न, विश्वासपूर्ण और बलवान रखें। ऐसा करने से हमारा जीवन प्रसन्न, सुखी और बलवान बनेगा। जब भी आप मन में निराशा, दुःख या निर्धनता का विचार लाते हैं, उसी क्षण शरीर का प्रत्येक जीवाणु उससे प्रभावित होता है। इसी तरह आपका आशा और उल्लास से भरा प्रत्येक विचार उन पर वैसा ही सुखद प्रभाव डालता है, अर्थात् आपके सुझावों से ही उनकी शक्तियां घटती या बढ़ती हैं। ज़रा सोचो तो, वह व्यक्ति, जो हर समय अपने शरीर के अंगों व जीवाणुओं की शक्ति पर शक करता है और उनके कार्य में त्रुटियां निकालता रहता है, वह उनसे क्या आशा कर सकता है? क्या उसके अविश्वास से शरीर के जीवाणु निराश हो अपना कार्य छोड़ नहीं देंगे? किसी भी रोगी जीवाणु को स्वस्थ करने का यह उपाय है कि उसमें स्वास्थ्य का विश्वास और स्वास्थ्य के सुझाव भरो। आपकी आशा और विश्वास का सीधा प्रभाव जीवाणुओं पर होगा और उनकी सोई हुई शक्तियां जगाकर शरीर को स्वास्थ्य प्रदान करेंगी।

ईश्वर के प्रकाश को सृष्टि के कण-कण में देखो। उसकी सत्ता को अपने शरीर के हर अणु में अनुभव करो। ईश्वर से यह एकता की भावना आपके जीवन का महान शक्ति-स्रोत बन जाएगी जिसकी अमृतमयी धारा आपके जीवन को सुख-समृद्धि और स्वास्थ्य से लबालब भर देगी।

हृदय से बातें

मैं कर सकता हूं'–यह आशावादी व्यक्ति के जीवन का मूलमंत्र
है और मैं नहीं कर सकता'–यह निराशावादी के जीवन का।
मेरे शब्दों में मेरी आत्मा की आवाज़ है और सत्य का बल है।
वे कभी व्यर्थ नहीं लौटेंगे बल्कि मेरे आदर्शों को पूरा करेंगे।

हममें से ऐसे कितने व्यक्ति हैं जो बाइबल के इन अमूल्य शब्दों का महत्व समझते हैं। किन्तु यह अटल सत्य है कि शब्द ही, जो विचारों के मूर्तरूप हैं, हमारे स्वास्थ्य, स्वभाव तथा आदर्शों को बनाने वाले हैं। विचारों का प्रतिबिम्ब केवल चेहरा ही नहीं, हमारा स्वास्थ्य और जीवन भी है। इसलिए मुख से निकला प्रत्येक शब्द एक ऐसी शक्ति रखता है जिससे जीवन का प्रत्येक अंश प्रभावित होता है।

ईसा ने शब्द की इस प्रबल शक्ति को पहचान लिया था। तभी उसने कहा था–"स्वर्ग और पृथ्वी भले ही मिट जाएं किन्तु मेरे शब्द नहीं मिटेंगे।" संसार की भौतिक वस्तुओं से अधिक शक्तिशाली ईसा के शब्द थे। सारी बाइबल में शब्द की महान शक्ति का महत्व सिद्ध किया गया है। शब्द की शक्ति ही जीवन में प्राण बनकर निवास करती है।

मुंह से कहे शब्द में एक जादू-भरी शक्ति है, जिसका मन पर इतना अमिट प्रभाव पड़ता है कि शरीर की सब शक्तियां एक साथ उन शब्दों को सत्य बनाने में जुट जाती हैं। अपनी प्रतिज्ञा को शब्दों में दुहराने

और विचारों को कहने में ऐसी महान शक्ति रहती है जिसका उपयोग आपको नया जीवन दे सकता है।

वेरडन के युद्ध में फ्रांसीसियों की जीत का यही मनोवैज्ञानिक रहस्य था। जनरल पिंटेन ने प्रत्येक सैनिक के हृदय में यह मन्त्र फूंक दिया था कि जर्मन सेनाएं फ्रेंच भूमि में प्रवेश नहीं कर सकतीं। सेनापति के इस दृढ़ शब्दों में घोषणा सचमुच विजय का मूलमंत्र बनी। इन्हीं शब्दों की शक्ति से फ्रेंच सेना भयंकर बमबारी को हंसते-हंसते झेलती हुई विजय के उन्माद में आगे बढ़ती गई। यहां तक कि कठोर कारावास और साक्षात् मृत्यु की विभीषिका भी उनके विजय के विश्वास को न हिला सकी। एक जर्मन डॉक्टर के अनुसार मृतक सैनिक मूर्च्छित अवस्था में मुट्ठी कसते; और बड़बड़ाते–"जर्मन फ्रेंच भूमि में प्रवेश नहीं करेंगे।" और सचमुच जर्मन प्रवेश नहीं कर सके। यदि आप भी इसी दृढ़ता से अपनी सफलता का दृढ़ निश्चय कर लेंगे तो फिर असफलता का विचार आपके निकट आ ही नहीं सकता। उन सैनिकों की भांति आप भी जीवन के शत्रुओं पर विजय प्राप्त कर सकते हैं।

शब्द ही हमारे विचारों के आवरण हैं। अपने शब्दों में प्रेम, सेवा व मित्रता का विचार भरकर हम वैसे ही भाव दूसरों के मन में पैदा कर सकते हैं इसके विपरीत घृणा व द्वेष के विचारों से भरे शब्द वैसे ही भाव उत्पन्न करेंगे। अर्थात् सब कुछ हमारे कहे शब्दों पर निर्भर करता है, चाहे तो उनसे हम प्रेम और मित्रता प्रकट करें, चाहे शत्रुता या द्वेष। मन की भावनाएं ही शब्दों को अर्थ देती हैं। ये शब्द ही आपके लिए और दूसरों के लिए जीवन या मृत्यु का सन्देश देते हैं।

आज तक की सभ्यता का निर्माण शब्दों ने ही किया है। शब्द ने ही विचार की शक्ति से मनुष्य की इच्छाओं की पूर्ति की है। मनुष्य कहता है और वह काम पूरा हो जाता है; जैसे ईश्वर ने कहा और पृथ्वी बन गई, मनुष्य व अन्य प्राणी बन गए। प्रत्येक वस्तु ईश्वर के विचारों से बनती है और ईश्वर अपने विचारों से बनता है और अपने विचारों को मनुष्य के शब्दों में ही कहता है।

मुंह से बोले शब्द में जो अलौकिक शक्ति है वह मन में बोले शब्द में नहीं है। विचार जब मुंह से निकलते हैं तो मन पर अमिट छाप छोड़

जाते है। आप जानते ही हैं कि किसी उत्तम भाषण व उपदेश को सुनने से आप जितने प्रभावित होते हैं। उतने उसे किसी पुस्तक में पढ़कर नहीं। पुस्तक के लिखे शब्द हम भूल जाते हैं, परन्तु कहे शब्द कभी भी नहीं भुला पाते; क्योंकि वे शब्द हमारे अन्तःकरण पर अमिट प्रभाव छोड़ जाते हैं। यह एक मनोवैज्ञानिक सत्य है कि सुनने और पढ़ने से मन पर अलग प्रकार का प्रभाव पड़ता है। पढ़े हुए शब्द अवश्य मन पर प्रभाव डालते हैं, पर उतना नहीं जितना कि सुने हुए शब्द। इसीलिए तो ऐसे अनेक उदाहरण मिलते हैं कि किसी महापुरुष के उपदेश ने कई व्यक्तियों का मन बदलकर उनका कायापलट ही कर दिया।

एक बात और है कि जहां दूसरों के कहे शब्द हमारे मन पर अमिट छाप छोड़ने में समर्थ होते हैं वहां हमारे अपने शब्द यानी अपने-आपसे की हुई प्रतिज्ञाएं भी यदि प्रकट शब्दों में दुहराई जाएं तो उनसे हमारे अनेक दुर्गुण नष्ट हो सकते हैं।

इसी सम्बन्ध में भारतवर्ष के एक महान संत और सिखों के गुरु श्री नानकदेव जी के जीवन की एक घटना है। नानकदेव सदुपदेश करते हुए गांव-गांव और नगर-नगर में घूम रहे थे। उनके शब्दों में कुछ ऐसी जादू की शक्ति थी कि सुनने वालों पर चमत्कार की तरह प्रभाव पड़ जाता। उनकी बातों पर चलकर अनेक व्यक्ति अपने जीवन का सुधार कर लेते।

एक दिन जब नानकदेव सदा की तरह एक गांव के लोगों को सदुपदेश दे रहे थे, अचानक भीड़ में से एक व्यक्ति उठा और आंसू बहाता हुआ उनके चरणों में गिर पड़ा। नानकदेव जी ने बड़े स्नेह से उसे उठाया और उसके दुःख का कारण पूछा। उस व्यक्ति ने बताया कि वह डाकू है और अब अपने जीवन को सुधारना चाहता है। गुरु नानक ने उसे कहा कि अब से वह प्रतिज्ञा कर ले कि कभी झूठ और चोरी के रास्ते पर नहीं चलेगा और अब डाके डालने बन्द कर दे।

डाकू ने 'हां' कही और चला गया। पर दूसरे दिन फिर वह गुरु नानक के पास आया और कहने लगा कि डाके डालना छोड़ देना तो उसके लिए असम्भव काम है, क्योंकि उसका डाकू-स्वभाव उसे विवश कर देता है। पर साथ ही वह यह भी चाहता था कि सच भी बोले और जीवन का सुधार करे। अब गुरु नानक जी के सामने बड़ी कठिनाई पैदा हुई। बिना झूठ

और कपट के काम छोड़ने से डाकू का सुधार कैसे हो सकता है? उधर डाकू ज़िद पर अड़ा हुआ था कि कोई ढंग पूछकर ही जाएगा।

सहसा नानक देव ही को एक उपाय सूझ गया। उन्होंने डाकू से कहा कि वह सारा दिन अपने स्वभाव के अनुसार जो चाहे करता रहे पर रोज़ शाम को वह अपने दिन के सारे कामों का हाल सच-सच लिखकर उन्हें आकर उनकी सभा में सुना दिया करे। यह बात डाकू को बड़ी आसान लगी। उसने ऐसा करना स्वीकार कर लिया।

दूसरे दिन गुरु नानकजी डाकू की प्रतीक्षा करते रहे, पर वह नहीं आया। तीसरे दिन भी नहीं, चौथे दिन भी नहीं। आखिर बात क्या हुई? सच बात यह थी कि उस डाकू ने अपने दिन के कामों का हाल लिखना तो मान लिया, लेकिन जब वह उस लिखे हुए कागज़ को गुरु नानक के पास लेकर जाने लगा तो उसके पांव ही न उठे। अपने सब बुरे कामों का हाल वह सब लोगो के सामने सुनाएगा! यह विचार ही उसे लज्जा में डुबो देने के लिए काफी था। परिणाम यह हुआ कि वह कई दिन गुरु नानकजी के पास न जा सका। अन्त में उसने निश्चय कर लिया कि अब वैसे काम नहीं करेगा जिन्हें सबके सामने कहने में उसे लज्जा या ग्लानि लगे। इस निश्चय ने उसे एकदम बदल दिया। अब वह डाकू नहीं बल्कि एक ईमानदार व्यक्ति की तरह जीवन बिताने लगा।

इससे स्पष्ट है कि यदि हम प्रकट शब्दों में अपने-आपसे प्रतिज्ञा करें कि इस प्रकार का सुधार हम अपने जीवन में लाएंगे तो उस प्रतिज्ञा का प्रभाव हमारे मन पर चमत्कार की तरह होता है। यही शब्द की शक्ति है जो मनुष्य के जीवन में अभूतपूर्व परिवर्तन लाकर उसे साधारण व्यक्ति से महान बना देती है।

इसी प्रकार हम अपने मन से बात कर सकते हैं, और अनुभव से यह सिद्ध हो चुका है कि मन हमारी बात को सुनता और मानता है। यदि हम मन ही मन न कहकर प्रकट शब्दों में कहें तो निस्सन्देह हमारे कहने का मन पर दुगुना प्रभाव होगा। सच कहा जाए तो प्रकट शब्दों में चरित्र और जीवन को बनाने की असीम शक्ति है।

अपने हृदय से बातें करके अनेक व्यक्तियों ने जीवन में निराशा और असफलता पर विजय पाई है। मुझे एक ऐसे व्यक्ति का पता है जिसने इसी

तरह अपने मन में बातें करके अपने जीवन को महान शक्तिशाली बना लिया था। यह व्यक्ति कुछ वर्ष पहले इतना भीरु और शर्मीला था कि कहीं कोई उसे बुला लेता तो वह लज्जा से लाल हो जाता और लोगों की भीड़ से तो हमेशा आंख चुराता था। उसमें केवल आत्मविश्वास की ही कमी न थी बल्कि यह वहम भी था कि वह एक धोखेबाज़ व्यक्ति है, जबकि वास्तव में वह बड़ा ईमानदार और मेहनती था। एक दिन अचानक उसे एक नई विचारधारा की एक पुस्तक मिली। उसे पढ़ते ही एक नया प्रकाश उसे मिला कि अपने-आपको उत्साह देने से अधिक शक्ति मिल सकती है–खासकर प्रकट शब्दों में उत्साह देने से। तुरन्त ही उसने पुस्तक के सुझावों को मानकर उन पर चलना शुरू कर दिया; प्रतिदिन अपने-आपसे बातें करने की आदत बना ली। थोड़े ही दिनों में उसे अपने भावों और विचारों में विलक्षण सुधार दिखाई दिया, मानो उसकी शक्तियां विकसित हो रही हैं। अनेक लोगों ने उसमें आ रहे परिवर्तन को देखा। अब तो वह सार्वजनिक सभाओं का सभापति बनता है, भाषण करता है। पहला दुःखमयी शर्मीलापन और अविश्वास जा चुका है और अब उसे अपनी योग्यता पर रत्ती-भर संकोच या सन्देह नहीं होता।

संसार में कोई ऐसी दुर्बलता नहीं जो लगातार दिए जाने वाले आत्म-सुझावों की शक्ति के आगे टिक सके। इतना ही नहीं, आत्म-सुझावों से तो मन की अनेक छिपी शक्तियां जगाई जा सकती हैं। हमारे भीतर बारूद पाउडर की तरह शक्तियां सोई रहती हैं। उन्हें जगाने के लिए सुझाव-रूपी चिनगारी की आवश्यकता है।

यदि आप भीरू, सन्देहशील और निरुत्साही हैं तो आत्मविश्वास पैदा करने के लिए आत्मसुझाव के ये शब्द अनमोल हैं– 'मुझे यह काम अवश्य करना है', 'मैं इसे कर सकता हूं' और 'मैं इसे करूंगा।'

यदि आप अपनी उन्नति से सन्तुष्ट नहीं और आपको लगता है कि अपने आदर्शों के अनुसार आप आगे नहीं बढ़ रहे, कोई बाधा आपकी प्रगति को रोक रही है–तो उस अड़चन का पता लगाओ और उसे दूर करने के लिए प्रयत्न करो। अपनी अड़चन को जानने का उत्तम ढंग अपने-आपसे बातें करना है। अपनी आत्मा में झांको, अपनी समस्त शक्तियों एवं योग्यताओं को जानो–तब किसी एकान्त स्थान में बैठकर

अपना नाम लेकर अपने से यह कहो –

"अच्छा, सुरेन्द्र (या जो भी नाम हो)! अब तुम्हें क्या कठिनाई है? क्यों तुम उन्नति नहीं कर रहे? क्या तुम्हें अपना लक्ष्य नहीं मिला है? क्या कारण है कि तुम अपने संगी-साथियों से भी बिछुड़ रहे हो? क्यों तुम साधारण-सा जीवन बिता रहे हो, जबकि तुमसे भी कई अयोग्य व्यक्ति आगे बढ़ते जा रहे हैं? इसका कोई कारण तो अवश्य होगा। क्या तुम्हारे भीतर कोई खास कमज़ोरी है जो तुम्हारी उन्नति में बाधा डाल रही है? आखिर कारण क्या है? तुम्हें उसको खोजना चाहिए और जल्दी दूर करना चाहिए, नहीं तो तुम्हें जीवन में एक घोर असफलता मिलेगी।"

एक सूची बनाओ जिसमें एक ओर सफल और दूसरी ओर असफल जीवन की विशेषताएं लिखो। तब देखो उनमें से कौन-सी विशेषताएं तुममें हैं–विश्वास, साहस, धैर्य, लगन, प्रसन्नता, आशा आदि।

अब अपने दोषों को सामने लाओ। उनका नाम लेने से डरो नहीं, झिझको नहीं; बल्कि उन्हें जानकर दूर करने का यत्न करो। स्मरण रखो, कोई भी दोष इतना प्रबल नहीं जिसे तुम दूर न कर सको।

इस तरह अपने गुण व दोषों को ठीक जान लेने के बाद अपने मन से यह पूछो –

"सुरेन्द्र! तुम इस संसार में किसलिए आए थे? तुम्हारा जीवन क्या सन्देश लेकर आया है? मनुष्यता के लिए तुम्हारा क्या महत्व है? क्या तुम जानते हो कि तुम्हें संसार में एक विशेष सन्देश देने के लिए भेजा गया है? क्या तुम उस सन्देश को एक योग्य व्यक्ति की तरह दे रहे हो? बताओ, तुम संसार को क्या दे रहे हो? क्या अपने-आपके सिवा किसी और को तुम्हारी आवश्यकता है? क्या तुम्हारे जीवन का लक्ष्य अपने लिए ही अधिक धन-सम्पत्ति आदि इकट्ठी करना है? या तुम्हारी महत्वकांक्षा में परोपकार का भी कोई स्थान है? क्या तुम्हारी मृत्यु से तुम्हारे सगे-सम्बन्धियों को कुछ कमी अनुभव होगी?"

इस तरह अपने-आपसे प्रश्न करते जाओ, जब तक आपको अपनी सब विशेषताओं व कमियों का पता न लग जाए। जब आपको अपनी उन कमियों का पता लग जाए, जिनके कारण आपकी प्रगति रुक रही है, तब उन राह के रोड़ों को हटाने के लिए अपनी पूरी ताकत से जुट जाओ।

उदाहरण के लिए यदि आप सदा अपने को हीन समझते रहते हैं। और किसी भी काम के लिए अपनी शक्ति पर विश्वास नहीं करते, तो आपको अपने से कहना चाहिए–

"मैं ईश्वर की संतान हूं। मेरे भीतर ईश्वरीय गुणों का भण्डार भरा है। इसलिए मैं उस अलौकिक शक्ति से जो चाहूं, प्राप्त कर सकता हूं। मैं शक्ति हूं। मैं योग्यता हूं। मैं आत्मविश्वास हूं। मैं सफलता हूं। मुझे कायरता के पीछे रहने की कोई आवश्यकता नहीं, क्योंकि मैं जो चाहूं प्राप्त कर सकता हूं। अब मैं कभी आत्मनिन्दा के विचारों से अपनी ईश्वरीय महानता का अपमान नहीं करूंगा। यह ईश्वर के प्रति अपराध है कि मैं उसी के अंश इस शरीर को तुच्छ समझूं। मैं सर्वशक्तिमान सम्राट् का पुत्र हूं और आज से अपने को ऐसा ही समझूंगा। अब मैं धरती पर राजकुमारों-सा जीवन बिताऊंगा। अब कभी मैं किसी ज़िम्मेदारी अथवा कर्तव्य से जी नहीं चुराऊंगा। योग्यता में मैं किसी से भी कम नहीं–इस बात को अब मैं सदा याद रखूंगा।

"अब में जीवन-संग्राम में आशा और विश्वास, शक्ति और बुद्धि के साथ लड़ रहा हूं क्योंकि मैं जानता हूं कि मैं उस ईश्वर की संतान हूं जो स्वयं विजय है। आत्मनिन्दा घोर अपराध है जिससे ईश्वर की सुन्दर सृष्टि का निरादर होता है। अपने ऊपर अविश्वास ईश्वर के प्रति अविश्वास है। मैं यह अपराध नहीं करूंगा। मैं सर्वशक्तिमान ईश्वर की संतान हूं–इसलिए जीवन के हर क्षेत्र में विजय मेरा जन्मसिद्ध अधिकार है।"

इस तरह अपने अंतःकरण से बातें करके आप अपने जीवन में एक नया परिवर्तन ला सकते हैं। आत्मविश्वास, साहस, प्रसन्नता–जिस किसी भी गुण की आपमें कमी है, उसे पाने की कामना करो; कल्पना करो कि वह गुण आपमें आ गया है, उसका अपने जीवन में उपयोग करो; तब आप देखें कि सचमुच वह गुण आपमें आ गया है।

दृढ़ निश्चय की शक्ति में मेरा प्रबल विश्वास है। जिसे हम पाना चाहते हैं, उसकी प्राप्ति का निश्चय और विश्वास सचमुच ही उसे हमारे पास ला देता है।

सी.डी. लारसन की ये प्रतिज्ञाएं दैनिक अभ्यास के लिए अत्यंत उपयोगी हैं–

"मैं अब से अधिक महान बनूंगा।"

"मैं जीवन में अधिक सफलता प्राप्त करूंगा, क्योंकि मैं जानता हूं कि मैं यह कर सकता हूं।"

"मैं अपने में और दूसरों में केवल अच्छाई को ही देखूंगा।"

"विपत्तियां आने पर मैं दुगुनी शक्ति का प्रयोग कर यह दिखा दूंगा कि मैं हर विपत्ति को सुअवसर बना सकता हूं।"

"मैं केवल उसी की कामना करूंगा जिससे मानवता सत्य व स्वतंत्रता के पथ पर बढ़ सके।"

"मैं सदा वे ही शब्द कहूंगा जिनसे साहस, प्रेरणा और प्रसन्नता मिले।"

"मैं सदा वे ही काम करूंगा जिनसे जनता का उपकार हो सके।"

जब आप इस प्रकार अपने व्यक्तित्त्व की महत्ता घोषित करते हैं तब 'मैं' शारीरिक नहीं, आत्मिक होता है। शरीर के 'मैं' को घोषित करना केवल अहं-प्रतिष्ठा ही होगी और अहं-प्रतिष्ठा से आपको जीवन में कई लाभ नहीं, वरन् हानि ही होगी। किन्तु अपने ईश्वरीय रूप की प्रतिष्ठा करके आप जीवन में अपूर्व सफलता पा सकते हैं। वास्तव में आत्मा ही आपका सच्चा अस्तित्व है। और जब आप 'मैं' की प्रतिष्ठा करते हैं तब मैं–आत्मा की प्रतिष्ठा होती है न कि इस तुच्छ शरीर की।

यदि हम प्रतिज्ञा की महान शक्ति समझ पाते और सफलता के इस मूलमंत्र को सदा दोहराते–"मैं परम शक्तिशाली ईश्वर का अंश हूं जो सृष्टि का रचयिता है; आत्मा और ईश्वर एक ही है"–तो मानव को न जाने कितनी प्रसन्नता मिल जाती है।

प्रतिज्ञा एक सजीव शक्ति है। बाइबल की महानता का रहस्य इसी में छिपा है। यह अमूल्य पुस्तक इन्हीं दृढ़ प्रतिज्ञाओं और आशा-भरे वाक्यों से भरपूर है। इसके बिना संभवतः आज बाइबल का नाम भी कोई न लेता।

विश्व के महान लेखक कभी अपनी बात को दलीलों से सिद्ध नहीं करते। वे जो कुछ कहते हैं, दृढ़ विश्वास से कहते हैं। यदि उन्होंने अपनी बात को सत्य सिद्ध करने के लिए दलीलों का सहारा लिया होता तो किसी व्यक्ति ने उनपर विश्वास न किया होता। पर विश्वास से कहे शब्दों पर किसी को संदेह हो ही नहीं सकता। ऐसे आत्मविश्वासी व्यक्तियों के प्रत्येक

शब्द और पंक्ति में शक्ति का ऐसा प्रभाव होता है जो दूसरों पर अमिट छाप छोड़ जाता है।

अपने-आपसे बातें करते हुए आप भी ऐसे ही दृढ़प्रतिज्ञ बनो। झिझकते या डरते हुए मत कहो। 'मैं सोचता हूं' या 'मैं आशा करता हूं' अथवा 'मैं कोशिश करूंगा' नहीं, बल्कि दृढ़ता से कहो– 'मैं कर सकता हूं', 'मैं करूंगा।' यह न कहो–'मैं कभी सफल हो जाऊंगा', बल्कि यह कहो– 'मैं अभी से ही सफल हूं, क्यों सफलता मेरा जन्मसिद्ध अधिकार है।'

अपनी अंतरात्मा की प्रतिष्ठा सदा दृढ़ता से करो ताकि तुम्हारे ईश्वरीय रूप का विस्तार हो। विश्वास के साथ यह निश्चय दोहराओ–"मैं ईश्वर से एक हो चुका हूं। वह जो मुझसे कराना चाहता है उसे मैं कर सकता हूं। अंतरात्मा का आदेश मानना मेरा कर्तव्य है। इसलिए मैं अपनी शारीरिक, मानसिक और आत्मिक शक्तियों के विकास में किसी भी बाधा को सहन नहीं करूंगा। ईश्वर बीते समय को लौटाता नहीं इसलिए अब मैं समय का पूरा लाभ उठाऊंगा। आज से मैं सर्वशक्तिमान ईश्वर के पुत्र की तरह जीवन जीऊंगा।"

किन्तु याद रखो, इन शब्दों को जीवन देनेवाली शक्ति आपकी आत्मा है। यदि आप, जो मुंह से कहते हैं, उसे हृदय से मानते नहीं, तो वे शब्द थोथे शब्द ही रहेंगे। जैसे आत्मबल के बिना विश्वास खोखला होता है, उसी तरह जीवन-शक्ति के बिना शब्द थोथे शब्द ही रहेंगे। जैसे आत्मबल के बिना विश्वास खोखला होता है, उसी तरह जीवन-शक्ति के बिना शब्द थोथे और प्रभावहीन होते हैं। अपने शब्दों में विश्वास भरकर कहो–

"ईश्वर मनुष्यों से भेदभाव नहीं करता। हमारा परमात्मा अपने बच्चों के प्रति पक्षपाती नहीं है और न ही कभी हो सकता है। बिना किसी भेदभाव के वह सबको एक-सा प्रेम, अधिकार और वरदान देता है। वह मेरी इच्छाओं की पूर्ति भी करेगा। मैं जो चाहता हूं उसे पाने का पूरा यत्न करूंगा और अपनी इच्छानुसार जीवन बना लूंगा।"

इन प्रतिज्ञाओं को बार-बार दुहराओ और इन्हें पूरा करने के लिए अवसर की प्रतीक्षा न करो, खुद अवसर बनाओ। तब प्रतिज्ञा की शक्ति आश्चर्यजनक चमत्कार कर दिखाएगी। आप देखेंगे कि प्रतिज्ञा की दृढ़ता के साथ आपकी शक्तियां भी बढ़ जाती हैं। परवाह नहीं, यदि लोग आपके

बारे में कुछ और सोचते हैं। लोगों की बातों में आकर कभी अपने कार्य और शक्तियों पर अविश्वास न करो। दृढ़ निश्चय और साहस से संसार में अपना स्थान बनाओ क्योंकि आपका स्थान आपसे ही भरेगा। अपने-आप से महान आशाएं रखना सीखो। भूलकर भी यह मत सोचो कि आपका जन्म छोटे कामों के लिए हुआ है।

अपने जीवन को उच्च बनाने का सर्वोत्तम ढंग ये है–अपने को ठीक जानना और अपने-आपसे एक घनिष्ठ मित्र की तरह बातें करना। ऐसा करते हुए आप अपनी अनेक कमियों को दूर कर महान विशेषताएं पैदा कर सकते हैं।

एडिसन से जब उसके मित्रों ने शराब पीने का आग्रह किया तो वह उससे कैसे बचा, यह अनुभव बताते हुए उसने लिखा है–"मैंने सोचा, अच्छा हो कि मैं पहले विचार कर लूं। मैं अपनी समस्त शारीरिक एवं मानसिक शक्तियों का पूरा लाभ उठाना चाहता था। इसलिए उन्नति के इस महान शत्रु शराब को मुंह में लेकर अपने भविष्य को अंधकारपूर्ण नहीं बनाना चाहता था। तब मैंने दृढ़ निश्चय से कहा–मैं मनुष्यता के इस महान शत्रु शराब को छुऊंगा भी नहीं।"

यदि आपमें भी कोई बुराई आ गई है, तो उससे डरो नहीं, न ही निराश हो, बल्कि उसे दूर करने का यत्न करो। सदा याद रखो कि आपके शरीर में एक ऐसी अलौकिक शक्ति है जो कभी भी किसी बुराई के आगे हार नहीं सकती। अपने-आपसे कहो– 'यदि ईश्वर ने मुझे बनाया है तो ईश्वर के गुण भी मुझमें अवश्य हैं। इन बुराइयों पर विजय पाने की शक्ति भी मुझमें है। यह बुराई जो मेरे स्वर्णिम भविष्य को अंधकारपूर्ण बना रही है–मेरे पुरुषत्व का अपमान है–मेरे भावी पति-पत्नी या बच्चों के प्रति अन्याय है। अब से मैं इसे अपना जीवन बरबाद नहीं करने दूंगा। मैं आज से पवित्र प्रण लेता हूं कि कभी उस बुराई को जीवन में स्थान नहीं दूंगा। यह मेरे ईश्वरीय रूप पर धब्बा लगाती है और जीवन-भर के लिए मुझे असफलता और अपमान के गहरे गर्त में गिराती है।'

यदि आप एक सन्देहशील व्यक्ति हैं और हर काम अनिश्चित मन से करते हैं, आप अपने महत्त्वपूर्ण कागज़ पर हस्ताक्षर करना भूल जाते हैं, आवश्यक पत्रों को मोहर लगाए बिना छोड़ देते हैं–इस आशंका से कि

कहीं आपको अपने विचार और निश्चय बदलने न पड़ें, तो आप इस कमज़ोरी के इलाज के लिए प्रतिदिन प्रातः यह निश्चय किया करें कि कम से कम उस दिन तो आप हर काम पूरा ही करेंगे, जब आपने एक काम को अच्छी तरह देखभाल लिया है तब उसे पूरा करने के लिए अपने-आपसे कहो– 'यह काम ठीक है। अब मैं निश्चय ही इसे पूरा कर दूंगा। मैं दुबारा नहीं सोचूंगा। मेरा निर्णय ठीक है और अब मैं बिना झिझक के यह फैसला कर दूंगा।'

प्रतिदिन किसी ऐसे व्यक्ति का आदर्श सामने रखो जिसकी कार्य-निपुणता और निश्चय-शक्ति की आप प्रशंसा करते हैं। शुरू में चाहे गलतियां भी हो जाएं, लेकिन घबराओ नहीं, अपने निश्चय पर दृढ़ रहो। जब एक पत्र लिख गया है तो उसे मोहर आदि लगाकर भेज दो। कोई काम आपको करना है तो उसे तुरन्त करो। पीछे रहने के सारे अवसर मिटा दो ताकि पीछे लौटने की कोई आशंका ही न रहे।

किन्तु याद रखो, यदि आप अपने शब्दों के साथ ही पूरी शक्ति और प्रयत्न नहीं लगाते, जैसा कि फ्रेंच सैनिकों ने किया था, तो उन शब्दों का कोई मूल्य नहीं होगा।

सदा अपनी विजय की कल्पना करो। विजय आपके चेहरे से चमके, दृढ़ता आपके नेत्रों से टपके, ताकि देखने वाले जान जाएं कि आप कभी पराजित या असफल नहीं हो सकते। स्वयं विजेता बन दूसरों को विजय का सन्देश दो।

इस तरह अपने-आपसे की गई बातें आत्मा की उन्नति करती हैं जिससे मनुष्य अपनी कमियों और दुर्बलताओं पर विजय पाता हुआ सफल जीवन की ओर बढ़ सकता है। ये वार्तालाप व्यक्तिगत आवश्यकताओं के अनुसार बदले भी जा सकते हैं। यदि इनको रोज़ दोहराया जाए तो इसमें सन्देह नहीं कि ये आपको शीघ्र ही अपनी मनचाही मंज़िल तक पहुंचा देंगे।

अपने-आप से बातें करना पहले-पहल आपको विचित्र और मूर्खतापूर्ण लगेगा; पर जल्दी ही आप इसके अभ्यस्त हो जाएंगे और इससे लाभ प्राप्त करेंगे। आपका आत्मसम्मान और आत्मविश्वास बढ़ेगा, योग्यताएं और शक्तियां दुगुनी हो जाएंगी–यानी प्रत्येक क्षेत्र में आपको सफलताएं मिलेंगी। इसका यह अर्थ नहीं कि आप अहंवादी और व्यक्तिवादी बन ज़ाएंगे, बल्कि

इससे आप अपनी शक्तियों को अच्छी तरह जानकर सदुपयोग कर सकेंगे।

इस तरह अपने हृदय से बातें करते हुए सदा साहस से काम लो, सदा प्रेरणा-भरी बातें कहो–उत्साहहीनता की नहीं। प्रत्येक सम्भव तरीके से अपने विश्वास को दृढ़ करो, क्योंकि दृढ़ आत्मविश्वास एक रचनात्मक शक्ति है। अपने विश्वास की तरह तुम बन जाओगे। अर्थात् जितना महान् आपका निश्चय होगा उतनी ही महान आपकी सफलता होगी।

ईश्वर से एकता

हम प्रभु के जितना निकट रहते हैं उतनी ही हमारी शक्तियां बढ़ जाती हैं।

यदि हम उस प्रभु के साथ अपनी एकता का अनुभव कर लें तो हमारे जीवन में एक नया उत्साह, उल्लास व शक्ति आ जाएगी।

ईसा ने जब यह कहा था कि स्वर्ग का राज्य तुम्हारे भीतर है तो उसका सीधा अर्थ यही था कि विश्व की महान शक्तियों और योग्यताओं का मूल स्रोत हमारे ही भीतर है। यहीं से हम सब शक्तियां प्राप्त कर सकते हैं। हमारे भीतर का साम्राज्य शक्ति का साम्राज्य है। हमारा हृदय बेतार के तार की तरह उस प्रभु से एकता स्थापित करता है। यहीं पर हम प्रभु के सर्वव्यापक होने का अनुभव करते हैं।

मनुष्य की आत्मा की उस महान परमात्मा से एकता विश्व का सबसे बड़ा आविष्कार है। डॉ. ऐलन का कहना है–"बीसवीं शताब्दी का कोई भी आविष्कार इस आविष्कार के सामने नहीं ठहर सकता कि मनुष्य ने अपनी आत्मा की शक्ति का अनुभव कर लिया है जिसकी सहायता से वह अपनी इच्छा के अनुसार संसार में सब कुछ पा सकता है।"

सद्विचार मनुष्य को ईश्वर के निकट ले जाते हैं। ईश्वर के स्मरण से ही हम ईश्वर से स्वाभाविक सम्बन्ध बना लेते हैं और तब संसार में हमें कभी भी अकेलापन अनुभव नहीं होता, क्योंकि हमारे साथ सदा हमारा

ईश्वर रहता है। उस महान स्रष्टा से अटूट नाता जोड़कर ही हम उसके निर्माण-कार्य में हाथ बंटा सकते हैं। पृथ्वी का कण-कण उसी निर्माता की अपूर्व योजना की गवाही देता है। हमारा जीवन भी तभी सच्चा मानव-जीवन होगा जब हम पृथ्वी के सुन्दर रूप को और भी सुन्दर बनाएंगे, मनुष्यता को ईश्वरत्व के पास ले जाएंगे। मनुष्य के भीतर एक ऐसा रूप बसा हुआ है जो बिलकुल निष्कलंक और सुन्दर है, जो न तो कभी पैदा हुआ है और न कभी मरेगा, न ही उसे कलंकित किया जा सकता है और न ही वह कोई पाप कर सकता है। यही वह ईश्वर-अंश है जो हमारे जीवन का सच्चा रूप है।

ईश्वर के साथ एकता स्थापित कर हम इसी अपने सच्चे रूप को पहचान लेते हैं। इससे हमें विश्वास हो जाता है कि हममें ऐसी दिव्यता है जिसे कभी समाप्त नहीं किया जा सकता। हमारा भौतिक जीवन कुछ भी क्यों न हो, पर यह दिव्यता कभी दूषित नहीं हो सकी, कभी मिट नहीं सकती।

मनुष्य की सभी शक्तियां अधिकतर इस बात पर निर्भर करती हैं कि वह ईश्वर के कितने निकट है, उसने ईश्वर से कितनी एकता स्थापित कर ली है। जितना ही वह ईश्वर से अधिक सम्बन्ध बनाएगा, उतनी ही उसकी योग्यताएं बढ़ती जाएंगी। मनुष्य का जीवन उतना ही महान होगा जितना अधिक उसका ईश्वर से सम्बन्ध होगा।

कुछ लोगों का यह विश्वास था कि विश्व का वास्तविक ज्ञान, जिससे संसार के सारे ज्ञान-विज्ञान उत्पन्न हुए, एक प्रभु में ही विद्यमान था। परन्तु यह तो अब हम जान चुके हैं कि वह मौलिक ज्ञान-सन्तान होने के नाते हम सबके भीतर विद्यमान है।

जिस प्रकार अनेक गुणों से सम्पन्न आज का मानव प्रारम्भ में एक छोटे-से जीवन-तत्व के रूप में था, उसी प्रकार कल का फूल, कल का वृक्ष, कल की वस्तुएं आज अनेक बिखरे हुए तत्वों में छिपी हैं। इन सबके भीतर एक ही प्राणवान शक्ति बसी है जो इस अद्भुत सृष्टि को बनाने और सजाने वाली है।

वटवृक्ष के छोटे-से बीज में उस विशाल वृक्ष की सभी शक्तियां छिपी रहती हैं उनके विकास का रहस्य उस छोटे-से बीज में ही तो है। भूमि, पानी तथा

सूर्य की किरणों ने तो केवल उस बीज के भीतर के अणु को विकसित-भर कर दिया। जो कुछ इस वृक्ष के बारे में सत्य है, वही मनुष्य के बारे में भी सत्य है। उसकी शिक्षा तथा जीवन के अन्य कार्य तो उसकी बीज रूप में छिपी शक्तियों को बाहर लाने के लिए ही होते हैं। इस नये विचार ने हमें बताया कि सृष्टि की रचना सदा चलती रहती है–कभी रुकती नहीं, कभी मिटती नहीं; क्योंकि इसको बनाने वाला अमर है, असीम है और अनन्त है। हम क्यों उस महान ईश्वर की बनाई हुई सृष्टि में रहते हुए अकेलापन अनुभव करने लगते हैं? भला अपनी बनाई हुई वस्तु से उसका बनाने वाला कभी जुदा रहता है! मनुष्य कभी भी संसार में अकेला नहीं है, अलग नहीं है, किसी अज्ञात भाग्य की दया पर छोड़ा हुआ असहाय प्राणी नहीं है; बल्कि वह अपने बनाने वाले से एक है और सदा एक रहेगा।

इस ईश्वरीय स्रोत से अलग होने का विचार हमें निर्माण की सारी शक्तियों से वंचित कर देता है क्योंकि अपने मूल स्रोत से अलग होकर कोई भी कितना कुछ प्राप्त कर सकती है? वास्तव में हमारी सारी कमज़ोरियों और दुःखों का एकमात्र कारण यह है कि हम अपने को उस शक्तिशाली निर्माता से अलग समझते हैं। मनुष्य एक बहुत बड़े व्यवसाय में साझीदार की तरह है। उसकी सम्पत्ति केवल अपने ही हिस्से तक सीमित नहीं, वह चाहे तो सारी सम्पत्ति का उपयोग कर सकता है। हम सब प्रभु के साथ साझीदार हैं, और जितना ही हम उसके निकट होंगे हम उसकी अपार सम्पत्ति का उपयोग कर सकेंगे। आत्मा के साथ एकता स्थापित हो जाने पर मनुष्य इस संसार को समझ जाता है। तब वह शरीर के इन संकुचित घेरों में न रहकर अपार आत्मिक शक्ति का केन्द्र बन जाता है। तब उसे विश्व के ऐश्वर्य व सुखों के प्रति विशेष लगाव नहीं रहता, क्योंकि अब तो उसके सामने आत्मा के विशाल राज्य का खज़ाना खुल जाता है। तब उसके हृदय में भी उत्साह और उल्लास की धारा उमड़ पड़ती है जिसमें सब स्वार्थ, सब दुर्भावनाएं घुलकर बह जाती हैं। जब हम ईश्वर से अपना सम्बन्ध स्थापित कर लेते हैं तो हमें ऐसा लगता है मानो हमारी शक्तियां द्विगुणित होकर उस असीम सागर की ओर मिलने जा रही हों। सचमुच प्रभु का दिव्य सम्पर्क जीवन में एक क्रान्ति ला देता है।

अबू बिन आदम एक बिलकुल साधारण व्यक्ति था। पर उसका अपने

ईश्वर में अटूट विश्वास था। अपने सरल जीवन में ही उसने इस महान सत्य का अनुभव कर लिया था कि संसार के अणु-अणु में वह सर्वशक्तिमान ईश्वर विद्यमान है और उसकी अपनी आत्मा में भी उसी की शक्ति भरी हुई है। संसार के इतिहास में यह घटना आश्चर्यजनक है कि एक रात स्वप्न में उसी अबू बिन आदम के पास स्वर्गलोक का एक दूत आया। अबू ने आश्चर्य से देखा कि वह एक सुन्दर सूची तैयार कर रहा था। अबू के पूछने पर उसने बताया कि वह उन व्यक्तियों के नाम लिख रहा है जो ईश्वर के प्यारे हैं, जो ईश्वर की भक्ति व पूजा करते हैं। अबू ने मानो अपने-आप से कहा–"इस सूची में मेरा नाम तो नहीं होगा। क्योंकि मैंने कभी ईश्वर की पूजा ही नहीं की।" वह देवदूत चला गया।

दूसरे दिन फिर अबू को स्वप्न में वही देवदूत मिला। अब फिर वह वैसी ही सूची लिख रहा था। जाने से पहले देवदूत ने अबू को वह सूची दिखाई। अबू के आश्चर्य का ठिकाना न रहा जब उसने देखा कि उसका नाम उस सूची में सबसे ऊपर सुनहरे अक्षरों में लिखा हुआ था। देवदूत ने उसे बताया था कि संसार के प्रत्येक प्राणी में ईश्वर का रूप विद्यमान है। अतः ईश्वर के प्राणियों से प्रेम करना ईश्वर से ही प्रेम करना है और सृष्टि में व्याप्त ईश्वर की सेवा ही सच्ची ईश्वर-भक्ति है। सच तो यह है कि हमारी अपनी आत्मा भी तो उसी परमात्मा का एक अंश है। यह मानो एक सीढ़ी है जिसके द्वारा हम परमात्मा से अटूट सम्बन्ध स्थापित कर सकते हैं। जब शक्ति के स्रोत से ही हम अपना नाता जोड़ लेते हैं, तो हमारे लिए संसार में कुछ भी असम्भव नहीं रह सकता। प्रभु से सम्बन्ध होने पर तुम डरोगे नहीं। तुम्हारे प्रयत्न निष्फल नहीं होंगे। तुम्हें कोई कमी न रहेगी, क्योंकि तुम जान जाओगे कि तुम उस महान दानी के अत्यन्त निकट हो जिसके पास तुम्हारे लिए सब कुछ है। तब तुम जीवन में विश्वास के साथ चलोगे। अपने प्रयत्नों के पीछे तुम शक्ति लगा दोगे और मनचाहा फल पा लोगे।

प्रभु की शक्ति का ज्ञान पाकर मनुष्य ने कितने अचम्भे कर दिखाए हैं। संसार के महापुरुष अपने महानतम कार्यों के लिए ईश्वर से ही एकता स्थापित कर आगे बढ़े थे। यहां तक कि ईश्वर की बनाई प्राकृतिक वस्तुओं में भी मनुष्य ने कितने सुधार किए हैं और आज भी करता जा रहा है।

वास्तव में यह मनुष्य के भीतर का भगवान है जो उसे निर्माण करने की प्रेरणा देता है। मनुष्य के किए हुए महान आविष्कार व निर्माण यही सिद्ध करते हैं कि वह अपने भगवान से एक है और इन दोनों ने मिलकर इतना कुछ कर लिया है जितना इसमें अकेला कोई भी न कर पाता। फिर भी यह कितने आश्चर्य की बात है कि कितने ही बड़े-बड़े आविष्कारक ईश्वर में विश्वास नहीं रखते थे। किन्तु क्या हम यह भूल सकते हैं कि संसार के महान आविष्कारकों, महान नेताओं की प्रबल आकांक्षा और अनर्थ प्रयत्नों के पीछे ईश्वर की महान शक्ति ही तो थी अन्यथा किस अलौकिक शक्ति के बल पर वे संसार के घोर अपमान व कटु आलोचना को ठुकराकर विश्व में अमर हो गए!

संसार की सम्पूर्ण उन्नति का कारण ईश्वरीय शक्ति ही है जो प्रत्येक मानव के हृदय में प्रेरणा बनकर निवास करती हैं। आज तक मनुष्य ने अपने जीवन में जो भी कुछ उन्नति कर पाई है वह सब उसी ईश्वरीय प्रेरणा के कारण है। वह प्रेरणा सृष्टि की प्रत्येक छोटी-बड़ी वस्तु को महान जीवन के लिए तैयार करती है। वास्तव में मनुष्य और ईश्वर के अपूर्व प्रयत्नों से ही विश्व में स्वर्णयुग आने वाला है।

ईश्वर के अलौकिक सम्बल से मनुष्य कितने अद्‌भुत कार्य कर सका है! संसार का प्रत्येक महान व्यक्ति, प्रत्येक कलाकार और प्रत्येक आविष्कारक उसी की प्रेरणा से तो अपनी महत्वाकांक्षाओं को पूरा कर सका है। आविष्कारकों के मस्तिष्क में जो विचित्र बेचैनी रहती है, नये आविष्कार की जो लगन उन्हें दिन-रात विकल बनाए रखती है, वह आखिर क्या है? ईश्वरीय प्रेरणा ही तो है। चाहे उसे अन्तःप्रेरणा पुकार लो या असाधारण बुद्धिमत्ता। इसी तरह महान लेखकों के स्वप्नों को सुन्दर साहित्य का रूप कौन दे देता है? मानवता के उत्साही धरती-पुत्रों के हाथों में वह अद्‌भुत शक्ति कहां से आती है जो मिट्टी सोना पैदा कर देती है? इन सबका एक ही उत्तर है : इन अलौकिक सफलताओं के पीछे वही सर्वशक्तिमान ईश्वर है जिसके आदेश से हम निरन्तर उन्नति की ओर कदम बढ़ाते जा रहे हैं।

जब भी मनुष्य इस ईश्वर से अलग हो जाता है तब वह मनुष्य नहीं, शैतान बन जाता है। तब उसके पांव उसे अवनति की ओर ले जाते हैं और विचार पतन की ओर। मैंने जीवन में ऐसे कई ईश्वर की शक्ति से

हीन, मनुष्यता से भटके हुए मनुष्य देखे हैं। सब जुआरी, बेईमान, झूठे और अपराधी मनुष्य इसी दानवता के नशे में पड़े पतन की ओर खिंचे चले जा रहे हैं। यह ठीक है कि उनके जीवन में भी कुछ जीने योग्य कहने को होगा, जैसे जुआरी का जुए में जीता खज़ाना या व्यापारी का काले बाज़ार में कमाया धन। किन्तु उनके मन से कोई पूछे कि दिन-रात के किसी प्रहर में क्या उनके दिल को कुछ नहीं कचोटता? क्या किसी समय उनकी आत्मा उन्हें नहीं धिक्कारती? क्या संसार के ऐश्वर्य की गोद में भी उन्हें अपने अपराधी होने का भय नहीं सताता? क्या किसी भी क्षण वे सच्ची प्रसन्नता का अनुभव करते हैं? इन सबके उत्तर में हम यही कह सकते हैं कि भला पाप और अपराध के मरुस्थलों में भटकने वाले व्यक्तियों को कभी मधुर जल का आनन्द मिला है! ईश्वर और शैतान दो विरोधी शक्तियां हैं। एक प्रकाश और दूसरा अन्धकार है। तो भला दोनों का मेल क्या? शैतान तब तक भटकता ही रहेगा जब तक वह प्रकाश के आगे सिर नहीं झुकाता। मनुष्य भी तब तक सच्चे सुख और उल्लास को नहीं पा सकता जब तक वह ईश्वर से एकता न स्थापित कर ले।

सच तो यह है कि ईश्वर के प्रकाश में कदम रखते ही मनुष्य की सब दुर्बलताएं, सब पाप, सूर्य के सामने के अन्धकार की तरह नष्ट हो जाते हैं। बस, एक बार सम्पूर्ण हृदय से ईश्वर में विश्वास रख उसके पास आओ, वह अपने अनुपम सौन्दर्य से तुम्हें सुन्दर बना देगा, अपनी उज्ज्वलता से तुम्हें उज्ज्वल बना देगा और तब सचमुच ही तुम 'सत्यं, शिवं, सुन्दरम्' ईश्वर की अमर सन्तान बन सकोगे।

●●●